中公文庫

ファウスト

悲劇第一部

ゲーテ
手塚富雄訳

中央公論新社

目次

悲劇第二部　目次

訳者のことば

この『ファウスト』訳が最初発表されたのは、第一部は昭和三十九年七月発行の中央公論社刊『世界の文学』第五巻「ゲーテ」編、第二部は昭和四十五年二月発行の同社刊『新集世界の文学』第四巻、同じく「ゲーテ」編においてであった。完結したその訳に昭和四十六年一月に読売文学賞が与えられたのを機に、既訳の二つの部を合わせて独立の一冊として出版した。さらにそれから三年後の昭和四十九年二月、それまでの訳に推敲を加えた限定特装版（九八〇部）が出された（いずれも中央公論社刊）。訳者としてはこれを最終の仕上げとするつもりだったが、今度この文庫の一冊として発行されることになった機会に、もう一度全体に目を通し、その結果おのずからまたいくつかの部分に手を入れた。全体としては最初の訳と大差はないが、部分的には、訳者として十分満足しなかった箇所に訂正案を提出したわけである。思えばこの作品の翻訳をはじめてから十二ヵ年ほどになるが、そのあいだ訳者は、原作者の意図の把握、訳文のニュアンスや効果などでもう一息と思えるところを、原文や訳文を読みかえすたびに、考えたり工夫したりして、手持ちの本に書き入れをしてきたので、この訳は少しずつではあるが生長してきたわけである。そしていま文庫版として、これからこそより多くの人に読んでもらえることは、訳者にとって嬉しいことだが、これまでの版本、ことに高価な限定版を買っていただいた方には、内容的にはこのほうがよりよくなっていると思えるので、申しわけない気がしないでもない。しかしその時その時には最善をつくしたことであり、なかでも限定版は、造本や挿画印刷などに非常に気を入れているので、保存と愛蔵のためにはよく、御諒解をいただきたく願っている。

この世界的に有名な作品が読まずに尊敬されるのではなく、読んで親しみをもたれるようになることが、訳者がつねに望んでいたことであり、それがこの発行形式でいちばんよく達成されるであろうことが、訳者にとっては何よりの喜びである。第一部、第二部を通じてこれほどおもしろく、魅力に富んだ作品は少なかろうが、読者としてはまず、虚心に素直にそのおもしろさを受けとってそれに身を任せてゆくのが、最善の態度だと思う。そして全編を通じてこの作品にこめられている作者の思念の深さについては、急がずじっくり考えていけばいいのであるが、それについては解説において、訳者も自分の思うところを述べたいと思っている。

一九七四年九月記

凡例

本訳書のテキストは、諸版を参照したが、全体を通じてはハンブルク版ゲーテ著作集第三巻の再版（一九五四年）に拠った。

ファウスト　悲劇第一部

捧げることば

また近づいてきたか、揺らめく影たちよ、
かつてわたしのおぼろな眼に浮かんだものたちよ。
いまこそおまえたちをしかと捉えてみようか。
わたしの心はいまもあのころの夢想に惹かれるのか。
むらがり寄せるおまえたち。よしそれなら思うままに、
靄《もや》と霧のなかからわたしのまわりに現われてくるがいい。
わたしの胸はわかわかしくときめく、
おまえたちの群れをつつむ魅惑のいぶきに揺すぶられて。

おまえたちは楽しかった日の数々の思い出をはこんでくる。
なつかしい人たちの面影の数々が浮かび出る。
なかば忘れられた古い伝説《いいつたえ》のように、

14

初恋も初めての友情もよみがえる。
苦しみは新たになり、嘆きはまたも人の世の
悲しいさまよいをくりかえす。
かりそめの幸《さち》にあざむかれて、美しい青春を奪われ、
わたしに先立って逝った親しい人々の名をわたしは呼ぶ。

初めの歌の幾節《ふし》かをわたしがうたって聞かせた人々は、
いまはそれにつづく歌を聞くよしもないのだ。
親しい人たちの団欒《まどい》は散り、
最初に起こった好意のどよめきは帰ってこない。
わたしの嘆きは見知らぬ世の人々にむかってひびき、
その賞讃さえわたしの心をわびしくする。
いまも生きてわたしの声を喜んで聞いてくれる人たちも、
遠く四方に散らばっている。

しかしいまわたしを捉えるのは、あの静かなおごそかな霊たちの国への
ながく忘れていた憧れ。

わたしの歌はいまようやくつぶやきをとりもどして、
おぼつかなくもエオルスの琴[*1]のように鳴りはじめる。
戦慄《おののき》がわたしをつかみ、涙はつづく。
かたくなった心もしだいになごんでゆくようだ。
わたしがいま現実に見ているものは遠い世のことのように思われ、
すでに消え失せたものが、わたしにとって現実となってくる。

＊1　エオルスはギリシアの風の神。エオルスの琴は、風によって絃が微妙な音色を発する楽器。

16

舞台での前戯

座長、座付きの詩人、道化。

座長　いままで困ったときには、
幾度となくわたしの力になってくれた君たち二人だ。
今度の興行がドイツの各地で
どのくらい成功するか、見込みをひとつ聞かしてもらいたい。
わたしは見物という見物を大いによろこばせてやりたい、
あの連中がよろこべば、こっちも潤《うるお》うわけだから。
もう小屋掛けもすんだし、舞台の板も張った、
だれもかれも、さあこれからが楽しみだと待っている。
みんなは早くも席を占めて、ひとつアッというようなものを
見せてもらいたいと、眉をつり上げている。

わたしも見物の機嫌をとるにはどうすればいいかぐらいは心得ている、
しかし今度ほどどうしていいかわからないことはない。
ここの見物がとびきり上等のものを見つけているというわけではない。
だが、おそろしくいろいろなものを読んでいるのだ。
すべてに新味があって、
面白くて、しかも考えさせるという芝居をするには、どうしたらいいだろう？
そりゃ、大当りをとるのがこっちの望みさ。
人の波がこの小屋へ押し寄せる、
何度押し返されてもまた打ち寄せて、
狭い木戸口をお情けに通してもらおうと押し合いへし合う、
まだ日の高い四時まえに、
力ずくでキップ売場に漕ぎつけ、
饑饉のときにパン屋の店先で奪い合うように、
一枚の入場券のために首の骨も折ろうとする、
そういう奇蹟を十人十色の人間に起こさせることができるのは、
詩人ばかりだ。さあ君、その力をいまこそふるってもらいたい。

詩人　お願いですから、あの鵺《ぬえ》のような大衆のことは言わないでください。
あれに顔を向けると、詩のよろこびは逃げてしまうのです。
われわれを無理に渦巻きのなかに引き込もうとする
あの群集の大波を、わたしの眼から隠してください。
いいや、わたしの連れて行ってもらいたいところは、静かな天上の隠れ家です。
そこでこそ詩人のきよらかなよろこびは花咲くのです、
愛と友情とが、神々《こうごう》しい手で
わたしたちの心のしあわせを創り出し、育ててくれるのです。

ああ、そこでこそ初めてわたしたちの胸の底から湧き出てくるものがある、
唇がおずおずとそれを声に出してささやいてみる、
しくじることもあれば、案外うまくゆくこともある、
しかしアッと思うまにそれが荒々しい瞬間に呑みこまれてしまう。
ときには、何年かたって
やっと完全なかたちで生まれてくることもあります。
はでに光るものは、ほんの一時《いっとき》つづくだけです、
真実なものは後世になってもほろびることはありません。

道化　いや、後世なんて言い草は願い下げにしていただきたいものですな。
このわたしが後世なんてことをかまっていた日には、
誰が現世の方々のご機嫌を取り結びますか。
ところで現世の方々は、ご機嫌をとってもらいたがっている、ご機嫌をとってあげねばならぬ。
一座に腕利きの役者が一枚いるだけでも、
かなり大したことだと、わたしは思いますね。
見物をいい気持にさせる芸さえこっちがもっていりゃ、
俗衆の気まぐれにだってびくともすることじゃありません。
相手の数が多ければ多いほどいい、
ますますみんなを感動させようと張合いが出てくるから。
だからひとつふんばって、見事なお手並を見せてもらいたいものですな、
空想の音楽を高く奏《かな》で、それにありったけの合唱隊をつけるのです、
理性や感情や分別や情熱をね。
でも忘れちゃいけませんぜ、おどけというやつをつけることも。

座長　だが、とくに出来事を盛りだくさんにすることだ。
見物は見に来るのだ、見せてもらうのが何より好きだ。
つぎつぎにいろんな事が眼の前にくりひろげられれば、
連中は仰天して口をあけ、
それであんたは大衆の心をつかみ、
たちまち人気作家というわけだ。
大衆という数を引きまわすには数でゆくにかぎる、
そうすれば奴《やっこ》さんたちはめいめい自分の気に入るものを選《よ》り出す。
いろんなものを出して見せれば、何かが誰かの好みに合う、
それでひとり残らず満足して家へ帰ってゆくというわけだ。
お芝居を書くからには、思いきってお芝居たっぷりということに願いたい。
何もかもほうりこんだ即席シチューということにするんですな、
工夫もお手軽、膳立てもお手軽というふうに。
大骨折ってまとまったものを提供したところで、
どうせ見物衆のむしりあいで、バラバラにされるのが落ちですよ。

詩人　そんな職人仕事がどんなにくだらぬものか、あなた方はおわかりないんだ。

真の芸術家のなすべきことではない。
それじゃ、あなた方には、いかがわしい先生方のやっつけ仕事が
何よりもありがたい守護神だと見えますね。

座長　それくらいの悪口にびくともすることじゃない。
なんでも一仕事して当てようと思ったら、
道具をうまく選ぶことだ。
考えてもみてください、あんたはやわらかい木を割ろうとしているんですよ。
いったい誰を相手に芝居を書くのか、よく眼をあけて見てもらいたい。
退屈をもてあまして来る客もあれば、
豪華なご馳走にあずかったあげくに腹ごなしに来る客もある。
それからいちばんの困りものは、
新聞雑誌を読みかじって来る客たちだ。
仮装舞踏会へでも出かけるように上《うわ》の空で来るのもある、
ただ物見高い気持から寄ってくるばかりです。
ご婦人客ときた日には、お化粧と姿を見せに
ギャラなしで出演してくれる。

あんたは詩人の天国で何を夢みているんです？

いったい、大入満員がどうしてあんた方にもうれしいんです？

まあ、そばへ寄ってこのご贔屓《ひいき》連をよくごらんになるがいい。

半分は無関心派で、半分は野蛮人だ。

芝居がはねたらトランプをしようというのもあれば、
女の胸にしがみついて一夜をあばれ明かそうというのもある。

とどのつまりはそういう幕切れにもってゆくために、
やさしいミューズの女神たちに苦労をかけるのは、骨折損というものじゃあるまいか。

だからこうだ、あれこれ言わず思いきった大盤振舞をすることだ。

そうすりゃ弾《たま》のはずれる気づかいはない。

世間を煙にまいてやりゃいいのだ、
ほんとうの満足を与えるなんて、できない相談だから——

おや、どうしました？　感心したんですか、苦しいんですか。

詩人　やめてください、それならあなたの言いなりになる男をほかから連れてくるがいい。

詩人には、生まれながらに授かった
最高の宝、詩人としての権利がある。

それを、あなたのためにどぶに捨てなくちゃならないのですか。
いったい詩人は何によって万人の心をうごかすのです?
何によって地水火風を自由にするのです?
それは胸から溢れ出て、全世界をおのが心にひきいれる
調和のひびきではないでしょうか。
自然は果てしもない長い糸を、
無意味につむぎながら錘《つむ》に巻きつけているだけです。
万物は雑然と入りまじって、
耳ざわりな音をたてているだけです。
いつも変わらぬ単調なこの流れを
いきいきと区切って、リズムと活気をあたえるのは誰でしょうか。
ばらばらのものを聖なる秩序に招き入れて、
荘厳な諧音をうたわせるのは、誰ですか。
だれが吹きすさぶ嵐に情熱の歌をうたわせ、
夕ばえにおごそかな意味をあたえるのです?
恋人どうしの歩む径《こみち》を
美しい春の花々で飾るのも、

ありふれたみどりの葉を
さまざまの功績《てがら》に酬いる名誉の冠に編むのも、だれがすることでしょう？
だれがオリュンポスを護りぬいて、むかしに変らぬ神々のつどいの場としているのでしょう？
それは人間の力です、詩人によって顕現される人間の精神の力です。

道化　それならその美しい力をぞんぶんにふるって、
詩人商売をおやりになるがいい、
ちょっと色事でもおやりになるようなぐあいにね。
ふと知り合いになる、なにやらモヤモヤしたものを感じだして、思いこむ。
いつしかもつれあい、
うれしい仲になる。と、邪魔がはいる。
二人だけで酔いしれていると、苦労がトントン扉《と》を叩く。
気がついたころには、もう一冊の小説になっている。
ひとつお芝居もそういうふうにこしらえましょうや。
人生のまっただなかに腕を突っ込むことです。
誰もがその人生劇をやっているんだが、ご当人は気がつかない。

だからあなたがむんずとつかみ出すと、それが面白いものになる。
さまざまな光景を並べて、ほんのひとところを明るくしておく。
間違いだらけのなかに、真理の光をちょいと点ずる。
それだけで、世間全体をよろこばして、みんなの気持を明るくする
最上の美酒が醸《かも》し出されます。
そうすりゃ、青年男女の選《よ》り抜きがあなたの芝居を見に寄って来て、
あなたの啓示に耳を立てるでしょう。
そうすりゃ、やさしいかぎりのたましいが、
あなたの作からメランコリアの露を吸いとります。
そうすりゃ、あれやこれやとみんなが思いを掻《か》き立てられる。
つまり、めいめいが自分の心のなかにあるものを見つけ出すのです。
そういう若い連中は、すぐにも泣いたり笑ったりしてくれる。
まだ感激に身をまかすことができ、色や形の工夫にもおもしろがってくれます。
ところが出来上がってしまった人間は、何を見せても受けつけない。
これからという人間はいつもよろこんで受けてくれます。

詩人　それならわたしにも、わたし自身がまだこれからの人間だった

あの青春の日々を返してください。
数々の歌が絶えまなく
泉のように湧き出ていたあの日々です。
世界はまだ霧につつまれていて、
つぼみが未来の奇蹟を約束していたあの日々です。
谷々に咲きみちていた
美しい花を気の向くままに摘みとったあの日々です。
何ひとつ持ってはいなかった、けれどわたしは充ち足りていた。
真実を追求する意欲と、空想をよろこぶ心があったからです。
あのときのさまざまな衝動をそのまま返してください、
あの深い、苦痛にみちた幸福を、
憎む力を、愛する熱情を。
あの青春をわたしに返してください。

道化　まあまあ、あなた。その青春がなくてならないのは、こういう時です。
戦場で敵軍に攻撃された時、
愛くるしいむすめが両の手に力をこめて

あなたの首にすがりついた時、
疾風《はやて》のように先を争う駆けっくらに
遠くの決勝点から名誉の環飾りがあなたをさし招く時、
眼のまわるような激しい舞踏をしたあげく
みんなで夜っぴて飲み明かそうという時などです。
けれど、手なれた竪琴《たてごと》を
大胆に、しかも優雅に掻き鳴らすこと、
自分でこうときめた大詰《おおづめ》を指《さ》して、
たのしい道草を食いながらあせらずにすすんでゆくこと、
それはあなた方、老練な先生たちのなさることです。
そういうご老体[*1]だからといって、あなた方へのわれわれの尊敬は少しも変わりありません。
老いてはがんぜない子供に返ると人は言うが、そうじゃなくて、
老いてこそ神に近いほんとうの子供に育つのですよ。

座長　いや、議論は充分うかがったから、
ここらで実行を見せてもらいたい。
お二人とも、そんなお世辞を言い合っているひまに、

何かましなことができそうなものですね。
気分がどうのこうのと言ったって何になります？
一時《いっとき》延ばしをしている人には気分は絶対にやって来ない。
あんたが詩人と名のる以上は、
詩にむかって号令をかけたまえ。
わしらの注文はとっくにご承知のはずだ。
ひとつ強い酒を飲ませてもらいたい。
さっそく醸造にかかってください。
今日出来ないようなら明日もだめ、
一日だってむだに過ごしちゃなりません。
できそうなことは、思いきって、むんずと
その前髪をつかむことです。
つかんだ以上はいっかな放さぬ。
そして目的に邁進する、それがわれわれの決意だからだ。
ご承知のようにこのドイツの舞台では、
みんながやりたいかぎりのことをやっています。

だから今度の興行では、
背景でも仕掛でも遠慮はいらない。
太陽でも月でも上げるがいい、
星もたくさん光らせてもらいましょう。
水を使うも、火を噴かせるも、岩壁を立てるもご自由。
けものを走らせ、鳥を飛ばすのも、お望みのままです。
この狭い板小屋を世界にして、
森羅万象を股にかけて歩いてください。
さて、ゆっくりと足早に、天からこの世へ、
この世から地獄へと経めぐっていただきましょう。

＊1　「舞台での前戯」の執筆時期については諸説があるが、おそらく一七九八年の後半と見られる。とするとゲーテは、四十九歳である。この場合、詩人の年齢を作者に即して考える必要はないが、参考までに。

天上の序曲

主、天使の群れ、後にメフィストフェレス。
三人の大天使、進み出る。

ラファエル　日は太古からの節《ふし》のままに、
同胞《はらから》の星の群れと高らかに歌をきそっている。
そしてそのさだめの道を
とどろく足音ですすんでいる。
このさまを見るだけで天使らはみな強みを覚える、
天使らの誰もその理《ことわり》を知ってはいぬが。
不可思議な御業《みわざ》によってなりいでた物みなは
初めの日とおなじ荘厳をたもっている。

ガブリエル　そして速く、思議をゆるさぬ速さで、
うつくしい大地が回転している。
天国のような明るさと
深いおそろしい夜とが交替する。
海は幅ひろい潮流をなして
底ひの岩をいっそう深く穿《うが》ちながら泡立つ。
そして岩も海も、永遠の
旋回を共にしながら天空を運ばれている。

ミハエル　そして海から陸へ、陸から海へと、
嵐は嵐と戦っている。
その往き返る怒号のうちに、
最も深い作用の連鎖がつくられる。
いま雷霆《らいてい》の破壊の焔は
道の行手に燃え上がる。
しかし主よ、おんみの使徒たちは
おんみの世のおだやかな推移を敬っている。

三人ともに　このさまを見るだけで天使らはみな強みを覚える、
天使らの誰もその理《ことわり》を知ってはいぬが。
不可思議な御業によってなりいでた物みなは、
初めの日と同じ荘厳をたもっている。

メフィストフェレス　いや、旦那、旦那がまたお出ましになって、
こちとらの世界はどんな様子かとおたずねになるので、
いつもわたしに悪い顔はみせない旦那だから、
こうしてわたしは、あなたの取巻きのお仲間入りにまかり出ました。
いや、ご免なさい。わたしにはもったいぶった口はきけない、
そこいらのご一同はわたしをさげすむかもしれないがね。
気取ってみたところで、旦那を笑わせるのが落ちだ。
それとも旦那は笑うなんてことはもうお忘れかな？
日だの天だのなんてことはわたしには言えない、
わたしが見ているのは人間というやつがどんなにもがいて苦しんでいるかということだけだ。

人間というこの世の小さい神さまはいつもおんなじ型にできていて、
いまでも、初めの日にあんたがつくったとおりの変妙な代物《しろもの》だ。
せめてあんたがあいつらに天の光のはしくれをおやりになっていなかったら、
あいつらもちっとはぐあいよく暮らしていくことができたでしょうがね。
人間は理性という名をつけてそれを使うが、それはただ、
どのけものよりもっとけものらしいけものになろうためなんだ。
ひとつご免をこうむって言わせてもらいますと、
わたしから見りゃ、あいつらは足の長いバッタの類《たぐい》だ。
飛んだり跳ねたり、
と思うとすぐ草のなかにもぐって、相変わらずの歌をうたう。
それもいつも草のなかにいるだけならいいんだが！
どぶというどぶにすぐ鼻を突っ込むのですからね。

主　おまえの言うことはそれだけか。
おまえが顔を出せば、いつも苦情だ。
地上のことは、いつまでたってもおまえには気に入らぬと見えるな。

メフィスト　気に入りませんね。いつ見ても心《しん》からいやだ。
人間が毎日毎日みじめにあがいているのを見ると、気の毒になってくる。
わたしでさえ、やつらをからかう気がしなくなってくるくらいだ。

主　おまえはあのファウストを知っているか。

メフィスト　あのドクトルですか。

主　わしの僕《しもべ》だ。

メフィスト　なるほど、あいつはあなたに一風変わった流儀で仕えていますね。
あの変人の飲むものも食うものも、この世界のものじゃない。
湧き立つ胸があいつをじっとさせておかず、遠くへ遠くへと焦がれるが、
自分が気違いじみていることは、半分承知はしているのです。
天からはいちばん美しい星をとろうとし、
地からは極上《ごくじょう》の快楽を要求する。
近いものも遠いものも、
やすみなしに騒いでいるあの胸を鎮めることはできないのですね。

主　あれはいまのところ戸惑いしながらわしに仕えているが、
やがて澄み徹《とお》った境地へかれをみちびくことになろう。
庭師でも、苗木にみどりの芽がふけば、
やがて年々にそれが花を咲かせ、実をつけることを知るではないか。

メフィスト　ようがす、旦那、何を賭けます？　あいつを旦那の手からとってみせる。
旦那のおゆるしさえありゃ、
あいつをわたしの道へそろりそろりと引きこんでやりますよ。

主　あれが地上に生きているあいだは、
おまえがあれをどうしようと、咎めはしない。
人間は努力するかぎり迷うものだ。

メフィスト　そいつはありがとうございます。この世をおさらばした人間なんざぁ、
わたしはすき好んで相手にしたことはありませんからね。
なかでもいちばんわたしの好きなのは、生きのいい、ふっくらとした頰っぺただ。
亡者をあつかうのはわたしの専門じゃない。

猫だって死んだ鼠は相手にしませんからね。

主　よろしい。おまえの好きなようにするがいい。
かれの精神をその本源から引き離して、
おまえにできるものなら、
おまえの道を歩かせて奈落へ連れて行け——
しかし、いつかはおまえは恥じ入って、こう言うぞよ、
「よい人間は、盲目な内部[*1]の促しにうごかされているときも、
正しい道を忘れてはいぬものだ」と。

メフィスト　いや結構。ただそれが長つづきはしない。
ようし、この賭に負ける心配はないつもりだ。
わたしの思いどおりになったら、
ありったけの声で勝鬨《かちどき》をあげさせてください。
あの先生には塵あくたを食わしてやります、大好物といって食うでしょう、
わたしの姪《めい》の、あの有名な蛇のようにね。

主　よろしい。たとえそういうときでもおまえは自由にここに出はいりしてよい。
わしはおまえらを憎んだことはない。
およそ否定をこととする霊たちのなかで、
このいたずら者はわしにはいちばん邪魔にならない。
人間の活動はすぐたゆみがちになる、
すぐ絶対的な安息を求めたがる。
だからわしは、刺激したり引き込んだりする仲間を人間につけておく、
それを悪魔としてはたらかせておくのだ。
だがおまえら、神のまことの子たちはな、
生きたゆたかな美しさを見てたのしむがいい。
永遠に創りはたらく生成の力が
おまえたちのまわりに愛のやさしい垣根*2を結《ゆ》いめぐらすがいい。
そして移ろう現象として揺らいでいるものを、
おまえたちは持続する思惟*3によってしっかりとつなぎとめるのだ。

（天は閉じ、大天使らは去る）

メフィスト（独り）　おれはときどきあの爺さんに会うのが好きだ。

そしてつきあいがまずくならないように気をつけている。
悪魔にさえあんなふうに人間らしく話をしてくれるのは、
大旦那の身で感心なことさね。

＊1　「盲目な」の原語は dunkel で、「不分明な」「はっきりせぬ」ことを意味し、悪しき意味合いを感じさせる「暗い」ではないようである。

＊2　「生成の力」そのものは恵みでもあり暴威でもある無差別の力である。愛の垣根に護られながら、恵みとしての生成の力に充たされるのが、天使にふさわしい、望ましいあり方である。

＊3　現象は転変して、つねに動揺しているが、動かぬ思惟をもちつづけることによって、現象に敗退せず、しっかりした立場がつらぬかれる。「持続する思惟」は、平易に言えば、持続する願い、持続する志、つまり理想である。哲学的に言えば、真・善・美などのイデアと言われるものである。

悲劇

第一部

夜

高い円《まる》天井を頂いた狭いゴシック式の部屋にファウスト。机を前にして肘掛椅子にかけており、不安な様子。

ファウスト　ああ、こうしておれは哲学も、
法学も医学も、
いまいましいことには役にもたたぬ神学まで、
あらんかぎりの力を絞って、底の底まで研究した。
そのあげくがこの通り愚かなあわれなおれだ。
以前にくらべてちっとも賢くなってはいない。
やれマギステルの、ドクトルのといわれて、
もうかれこれ十年近く、
上げたり、下げたり、横に、縦に、十文字に、

42

学生どもの鼻づらを引きまわしている――
そして知ったのは、おれたちは何も知ることができないということだけだ。
それを思うとこの胸が裂けんばかりだ。
なるほど、ドクトルだ、マギステルだ、教師だ、牧師だと名のっている
そこらじゅうの馬鹿者にくらべれば、おれのほうが気が利いている。
おれは怖じ気や気迷いに取りつかれることはない。
地獄も悪魔もおそれはせぬ。
そのかわり、おれにはいっさいの喜びがなくなった。
ひとかどのことを知っているという自惚もなく、
人間たちをよくするため、救うために、
何かを教えることができるという自惚もない。
金も財産もなければ、
名誉も権威もない。
こんな生活をつづけることは犬だって断わるだろう。
そこでおれは、霊の力と啓示とによって
いくらか神秘がわかろうかと、
魔法に没頭した。

それがわかったら、つらい汗を流して、
知りもしないことをしゃべったりせずにすむだろうと思ったのだ。
いったいこの世界を奥の奥で統《す》べているものは何か、
それが知りたい、そこではたらいているあらゆる力、あらゆる種子、
それが観《み》たい。そうすれば
もうがらくた言葉を掻きまわす必要もなくなるだろうと思ったのだ。

ああ、照りわたる月よ、おまえがこの苦しみを照らすのも、
これが最後であればいいに。
幾度おれは、真夜中まで
この机に凭《よ》ったまま、おまえの訪れを待ったことか。
するとおまえは、おれと悲しみを共にして、
ひっそりと書物や紙のほとりにさしてきたのだ。
ああ、おまえの光におしみなく照らされて
山々を尾根づたいに歩いてみたい。
山深い洞窟のほとりを精霊たちといっしょに飛びめぐりたい。
おまえのおぼめく光といっしょに野をさまよいたい。

あらゆる知識の垢を洗いおとして、
おまえの露にぬれてすこやかな自分にもどりたい。

ああ、おれはまだこの牢獄につながれているのか、
呪わしい、陰気なこの石壁の穴ぐらに。
そこへは、晴々した空の光さえ、
窓の色ガラスによごれてはいってくる。
高い天井まで積み上げられた、
紙魚《しみ》に食われ、埃にまみれた書物の山が、
いよいよこの穴ぐらをせばめている。
すすけた見出しの紙切れがその書物の山を鎧《よろ》っている。
そこらじゅうにガラス器や罐《かん》が散らばり、
実験機械が場をふさぎ、
先祖以来の家具までが押し込んである。
これがおまえの世界だ。これが世界といえるか。

これでもまだおまえは、おまえの心臓が

締めつけられて胸のなかで悲鳴をあげている理由がわからぬのか。
えたいの知れぬ苦しみが、おまえの生の
あらゆる躍動をせきとめている理由がわからぬのか。
神は生きた自然のなかに生きよと
人間を創ったのに、
おまえは煤《すす》とかびにまみれて、
けものや人間の骸骨に取り囲まれているのだ。

さあ、逃げ出せ。広い世界へ出て行け。
ここにノストラダムス[*1]が自筆で書いた
一巻の神秘な書物がある。
これがおまえに何よりの道連れではないか。
それでおまえは星の歩みがわかろう、
そして自然の導きが得られたら、
たましいの力がおまえに目ざめて、
霊と霊とが語ることばも理解されよう。
いや、こうした理づめの思案で

これらの神聖な符号を解き明かそうとしてもむだだ。
霊たちよ、きみらはわしのまわりにただよっているな、
わしの言うことが聞こえるなら、答えてくれ。

（その書物を押しひらいて、大宇宙のしるしを見る）

ほう。なんという歓喜だ、これを見ると
たちまちおれの五官が躍ってくる。
わかわかしい、神聖な生の幸福が
新しく燃え上がって、脈管と神経のすみずみにまで流れてゆくのがわかる。
このしるしを書いたのは神ではあるまいか。
おれの内部の嵐が鎮められる、
このあわれな心がよろこびにみたされる、
おれを取り巻く自然のもろもろの力が、
ふしぎな促しを受けてその本質をあらわすのだ。
いや、おれは神のひとりになったのではあるまいか。何もかも明るく見通せる。
おれには、この清らかな筆の跡のうちに、
生きてはたらく自然の全容がひろがっているのが見える。

いま初めてむかしの賢者の言っていることがわかった。
「霊の世界が閉ざされているのではない。
なんじの耳目がふさがり、なんじの心が死んでいるのだ。
起て、学徒よ。誓って退転することなく、
塵界の胸をあかつきの光をもって洗え。」

（しるしを見る）

万物が織り合わさってひとつの全体をなしている。
万物が万物に働きかけ、力を合わせて活動している。
天のもろもろの力が上がり下がりして、
黄金のつるべを渡しあっている。
そのすべてが、祝福にかおる翼をふるって
天から下界へと押し寄せ、
万有のなかにその諧調をひびかすのだ。
すばらしい見物《みもの》だ。しかし、ああ、やはり一つの見物《みもの》にすぎぬ。
無限の自然よ、おれはどこを手がかりにしておまえを捉えたらいいのだ。

おまえの乳房はどこにある？
天をも地をもいつくしみ育てるあらゆる生命の泉よ、
しぼんだおれの胸がこがれ求めるものよ、
おまえは溢れている、万物に飲ませている。それなのにおれひとりは渇いていなければならぬのか。

（不興げにその書のページをひるがえし、地霊のしるしを見る）

まるで違うぞ、このしるしから来るものは。
これ、大地の霊よ、おまえならおれに近い。
はやくもおれの力が強まってくる、
はやくも新しい酒に酔った気持だ、
敢然と世界へ乗り出し、
地上の苦悩と地上の幸福のすべてを担い、
暴風と戦って、
難破する船のきしみにもたじろがない勇気を、おれは感ずる。
ふむ、おれの頭上に雲が湧いてきた——
月が光を隠す——

ランプが消える——
靄《もや》がこめて——赤い稲妻が
おれの頭上にひらめく——
円天井から風が吹きおろして、
この首筋をつかむ。
おれは感じる、地霊よ、おまえは招きに応えておれのまわりをただよっているな。

すがたを現わせ。
おお！ 胸が掻きむしられる。
五官が掘りかえされて、
新しい激情が目をさます。
おれの心がすっかりおまえの手につかまれる。
姿をあらわせ！ あらわせ！ この命をなくしてもいい。

（書物をつかみ、地霊の呪文を神秘な口調で唱える。赤い焔が燃え立ち、地霊がそのなかに現われる）

地霊　おれを呼ぶのは誰だ？

ファウスト　（顔をそむけて）　すさまじい貌《かお》だ。

地霊　おまえはおれの世界に吸いついて離れず、
根《こん》かぎりの力でおれを引き寄せた。
ところが——

ファウスト　ああ、せつない、もう堪えられない。

地霊　おまえは喘ぎながら、おれに会いたい、
おれの声を聞きたい、おれの顔を見たいと願ったではないか。
おまえの魂の根強い哀願がおれを動かした。
それでおれは来た。——なんというみじめな恐怖が、
超人をもって任ずるおまえを捉えているのだ。たましいのあげた願いの声はどこへ行った？
自分の内部に一つの世界を創造し、
それを支え、それを培《つちか》った胸、歓びにおののきながら
おれたち精霊と同等の高みに上ろうと気負った胸はどこへ行った？

声高くおれに呼びかけ、
力のかぎりおれに迫ってきたファウスト、そのおまえはどこにいる？
おれの息に触れただけで、
生命《いのち》の底からふるえあがり、
おびえちぢかんだ虫けらがおまえか。

ファウスト　おまえが火焔につつまれた姿を現わしても、おれがたじろぐと思うか。
そうだ、おれだ。ファウストだ。おまえと同等のものだ。

地霊　生の潮《うしお》、行為の嵐のなかを
おれは波打って昇り、また降る。
かなたへ往き、こなたへ還る。
生誕と死、
永遠の海の満干《みちひ》だ、
経緯《たてよこ》に織り交う糸、
燃える命、
こうしておれは「時」のざわめく機《はた》をうごかす。

　神の生きた衣を織る。

ファウスト　世界を西に東に飛びめぐる
多忙な霊よ。どんなにかおれはおまえに近いと感ずることだろう。

地霊　おまえはおまえに理解できる霊に似ているのだ。
おれには似ていない。（消える）

ファウスト　（くずおれて）　おまえに似ていない？
それなら誰に？
神の似姿であるおれが、
おまえにさえ似ていないとは！

　（ノックの音がする）

ちくしょう！　あいつだ——おれの助手だ。
おれの最善の幸福が破られる。
霊をまのあたりに見るこの充実した瞬間が、

あの無味乾燥な、忍び歩きをする男に台無しにされてしまうのか。

ワーグナー、寝巻、ナイトキャップの姿で登場。手にはランプ。ファウスト、不機嫌に顔をそむける。

ワーグナー　ご免くださいまし、ご朗読の声が聞こえましたので。
さだめしギリシア悲劇をお読みでございましたろう。
この朗誦の術をわたくしも多少身につけたいと存じております。
近ごろはなかなかこれがもて囃されますので。
誰やらが吹聴しているのを聞きましたが、
牧師が俳優に弟子入りすることがありますそうで。
ファウスト　それはな、牧師が俳優であるならばだ。
ときおりそこらにあることだがな。
ワーグナー　わたくしのように研究室にばかり閉じこもっておりまして、
世間を見るのも、日曜日などにほんのときどき、

それも望遠鏡で遠くから覗くのがやっとというようなことでは、
どういうふうにして弁舌で人を動かしたらよいのでございましょう。

ファウスト　自分に実感がなければ、ひとを摑めるはずはない。
心の底からほとばしって、
聞いているみんなの心を
ひたむきな感動で引っ張ってゆくのでなけりゃだめだ。
今日も明日も机にへばりついて、膠《にかわ》で接ぎ合わせたり、
他人の賞味したお余りでごった煮をこしらえたり、
搔きあつめた灰のなかから
貧弱な火を吹き起こしたりするのでは、
子どもや猿どもには感心してもらえるかも知れん――
それがきみらのお望みならばだ。
しかし、真実、心から出たものでなければ、
けっして心に達するものではない。

ワーグナー　それにしましても、弁舌がよろしければ演説家は成功いたします。

わたくしなどがまだまだ修業が足りませんことはよく承知しております。

ファウスト　成功を望むからには、本筋を心がけねばいかん。
鈴つき帽子をふり立てる馬鹿者にはなるな。
内容さえしっかりしておれば、
朗誦などという芸をせんでも演説はひとりでにできる。
本気にものを言うつもりなら、
ことばなどを飾る必要があるか。
いや、きみたちの演説が、人類がこれまでに散らかした紙くずでこしらえた造花のようなものなら、
いくらそと目にはきらびやかでも、
騒々しく枯葉を吹き散らす
秋の夜風のように、不愉快なだけだ。

ワーグナー　ああ！　芸術はながく
人生はみじかしでございます。
なんと言いましても、批判的な研究に努めておりますと、

おりおり頭や胸が不安でたまらなくなることがあります。
すべて知識の源泉にまでさかのぼる
資料や手段を手に入れるのは、容易なことではございません。
それに、やっと道のりの半分にも行きつかぬうちに、
あわれなわたしどもは死んでしまうのでございます。

ファウスト　古文書、それが一口飲んだだけで、
永久に渇きをとめる神聖な泉なのかね。
自分のたましいから泉が湧き出すのでなければ、
身心をさわやかにすることはできない。

ワーグナー　おことばではございますが。もろもろの時代の精神のなかに分け入り、
われわれより前に賢者たちの考えたことをたずね、
さてこんにちまでのすばらしい進歩を思いますことほど、
大きい楽しみはございません。

ファウスト　そうさ、天空にまでとどいた進歩をな。

ところできみに言うがな、過去の時代というものは、
われわれにとっては七つの封印を施された書物なのだ。
きみたちがあれやこれやの時代の精神と呼ぶものは、
要するに鏡に映ったそれらの時代の影なので、
その鏡とはすなわちきみ方ご自身の精神なのだ。
そんなわけで、ときには目もあてられぬことになる。
一目見ただけでみんなそれから逃げ出してしまう。
ゴミ箱かガラクタ置場といったところだ。
せいぜいうまくいって、デク人形の台詞《せりふ》にするにふさわしい
けっこうな実用的教訓のついている、
こけおどかしの時代劇だ。

ワーグナー　しかしこの世界と申すもの、人間の精神と心情といわれるもの、
誰しもそれを少々は認識したいと思いますので。

ファウスト　いや、その認識というやつにもいろいろある。
真実を知っても、その真実をあからさまに言うことができると思うか。

なるほど、稀には多少の真実を認識して、
愚かにもそれを胸にしまっておくことができずに、
自分の感じたこと、観《み》たことを俗衆に明かした者もあるが、
そういう人間は、いつの時代でも磔《はりつけ》にされたり、火あぶりにされたものだ。
いや、かれこれしているうちに、夜も更けた、
今夜はこれくらいにしておこう。

ワーグナー　はい、わたくしはいつまでも起きていて、
こんなふうに先生と高尚なお話がしたいのでございますが。
ではきょうはこのへんで切り上げまして、明日は復活祭の第一日でございますから、
また一つ二つの質問をお許し願います。
わたくしは熱心に研究に励んでまいりました。
だいぶ知識はもっておりますが、わたくしは一切を知りたいのでございます。（去る）

ファウスト　（独り）よくまあ、ああいう輩《やから》は希望を捨てずにいられるものだ。
あいも変わらずくだらぬことにしがみつき、
手を鍬《くわ》代りにして宝をかっぽじくろうとし、

そのあげく、みみずを見つけて喜んでいるのだ。
精霊の力が充ち溢れてわしを訪れたこの部屋に
あんな男の声がひびいてよいものか。
とは言っても、今夜は感謝しなければなるまい、
人間の屑のなかでも最もみすぼらしいおまえに対してな。
おれの感覚と判断をいまにも壊滅させようとした
絶望から、おまえはおれを引き離してくれた。
ああ、あの地霊の姿はあまりにも巨大だった。
おれはおれを一寸法師と感ずるほかはなかったのだ。

おれは、自分を神の似姿として、
永遠の真理の鏡のまぢかに迫ったと信じていた。
地上のあり方を脱ぎすてて、
天上の光輝につつまれたわが身をたのしんでいた。
自分を光の天使以上のものとして、
自分の力がすでに自由無礙《むげ》に自然の全脈管を流れており、
それが創造の事業をともにしながら神の生命を享けていると、

予感にまかせて思い上がっていた。それが、なんという罰せられようだ。
雷のような一言がおれを突き落としてしまった。

身のほど知らずだ、おまえに似ているなどと思うのは。
なるほど、おまえを引き寄せる力はもっていたが、
おまえをつかんで離さぬ力はおれにはなかった。
思えば、この世のものとは思われぬあの瞬間に、
おれは自分をどんなにか大きく、またどんなにかちっぽけに感じたことだろう。
おまえはおれを容赦なく、
もとのおぼつかない人間の身に突き落とした。
誰におれは教えを受けよう。何をし、何を避けたらいいのだ。
あの内部からの促しに従えばいいのか。
ああ、われわれにまつわる悩みと同様、ひたむきに行為をめざすわれわれの意欲も、
われわれの生の歩みをさまたげるのだ。

精神が一時《いっとき》どんな崇高なところへ舞い上がっても、
たちまち物質の垢がこびりついて、それを下へ引き下ろす。

いっぺん俗世の宝を手に入れると、
より高い精神の宝が幻影に見えてくる。
われわれに生命《いのち》を授ける美しい感情も、
地上の冷気にあって、凍《い》てついてしまう。

いままでは空想が大胆に翼をふるい、
希望にあふれて無始無窮の世界にまでひろがったが、
「時」の渦巻きに巻き込まれて幸福の一つ一つが挫折すると、
萎縮したその空想には、ささやかな空間さえ分に過ぎたものになる。
そのときすぐに心の底に「憂い」というものが巣を食って、
ひそかな苦痛の種子《たね》をまき、
落着きなく身を揺すぶりながら、楽しみと安らぎに水をさす。
この「憂い」はいろいろの仮面をつぎつぎに替えてかぶる。
家になり、地所になり、妻になり、子供になる、
火になり、水になり、匕首《あいくち》になり、毒になる。
おまえはいつも、当らぬ弾丸《たま》におののき、
失わぬさきからおびえるのだ。

いや、おれは痛切に感じる、おれは神々には似ていない。
塵あくたのなかにうごめく虫けらにこそ似ているおれだ。
塵あくたを食って生を盗んでいるうちに、
道ゆく者に踏みつぶされるのだ。

この高い壁に取りつけた百の仕切りを
埋めつくしているもの、それは塵ではないか、
この紙魚《しみ》だらけの部屋のなかでおれを取り巻いている
ありとあらゆるガラクタも、塵ではないか。
こんなところで、求めるものを探し出せというのか。
いつの世、どこの国でも人間は苦しみつづけて、
幸福な者はほんのときどきいただけだという、
ただそれだけのことを、万巻の書を読んで悟れというのか。——
うつろな髑髏《どくろ》よ、なぜそうおれをにらむのだ。
おまえの脳髄もそのむかし、おれのと同じように、混乱しながら
明るい日の光を求め、しかもいつまでも重苦しい闇を脱け出せずに、

真理を追って、みすぼらしくさまよいつづけたにちがいあるまい。
それからおまえら機械類だ。おまえらもその車輪や歯車、
ローラーやハンドルなどでおれを笑っているな。
おれは門の前に立ったとき、おまえたちを鍵にしようとしたのだ。
その鍵の爪の刻みは細かだったが、しかし錠はあかなかった。
自然は真昼の光のもとに秘密をかくしていて、
いっかなヴェールを剝がさせはしない。
自然がおまえの精神に明かそうとしないことは、
梃子《てこ》や捻子《ねじ》でこじあけることはできないのだ。
おれの手が触れたこともない古ぼけた道具よ、
おまえはただ父に使われたせいで、ここに残っている。
ぐるぐる巻かれた記録類よ。おまえらは、この部屋に薄暗いランプがいぶっているかぎり、
いよいよ煤けてゆくばかりだ。
こんなくだらぬものを背負って汗をかくより、
さっぱりと売り払ってしまったほうがよかったのだ。
先祖から承け継いだ物でも、
それをおまえの真の所有にするには、おまえの力で獲得しなければならぬ。

役に立てることができないものは重荷だ。
現在生み出したものでなければ、現在の用に立たぬ。

だが、どうしておれの眼はあそこに釘づけになって離れぬのだ?
あの小瓶がおれの眼を引っぱる磁石なのか。
なぜおれの気持が急に明るく、なごやかになってきたのだろう、
まるで夜の森を歩いているとき月がさしこんできたようだ。

おまえに挨拶するぞ、貴重な小瓶よ、
心をこめて取りおろして、おまえにまみえるのだ。
おまえを生んだ人間の知恵と技術に、おれは敬意を表する。
こころよく眠りを誘う霊液よ、
死をもたらすひそやかな力のエキスよ、
おまえの主《あるじ》におまえの恵みをそそいでくれ。
おまえを見るだけで、もう苦痛はやわらいでくる。
おまえを手にするだけで、もがきは鎮まり、
精神の潮《うしお》がしだいしだいに引いてゆく。

遥かな沖へおれは誘い出される、
足もとは一面にかがやく海の鏡だ。
新しい日が新しい岸辺へおれを招くのだ。

天空を飛ぶ火焔の車が、かろやかに翼をふるって
おれのほうにやって来る。もう心の用意は出来た。
新しい軌道をえがいて、大気を突き進み、
純粋な活動の新天地をめざすのだ。
その高貴な生活、神々にふさわしいその歓喜！
だが、ついさっきまで虫けらだったおまえに、そんな歓喜を受ける資格があるのか。
そうだ、やさしいこの世の太陽に
決然として背を向けろ。
人みなが近づくまいとする門を、
おまえは思いきって押しあけろ。
いまこそ行為によって証《あかし》すべき時だ、
男子の尊厳が神々の高貴に劣らぬことを。
あの暗い洞窟を前にして、おれはふるえはせぬ、

想像力が、自分でそれを自分の地獄にしているのだが。
燃えさかる地獄の業火にかこまれた
あの狭い入口にむかって力強く歩をはこび、
笑顔をもってそこへ踏み入るのだ、
よしやおれというものが虚無へ失せることになろうとも。

では、きよらかな水晶の杯よ、おりて来てくれ。
長年のあいだおまえを忘れていたが、
いまこの古い箱から出てもらおう。
父や祖父の催した祝宴におまえは輝きを添えた。
客の一人から一人へとおまえが回されるとき、
その人たちのいかめしい顔もほころんだものだ。
美しくおまえにちりばめられた数々の絵模様、
飲み手の義務として、それを即興の詩によみこんで、
さて一息に、最後のしずくもあまさず飲みほす、
おまえを見ていると、おれの若かったころのそういう夜が思い出される。
だがいまおれは、おまえを隣の客の手にわたそうというのではない。

おまえの絵模様を種にしておれの詩才をみせびらかそうというのでもない。
ここにあるのは、たちまちに人を酔わす酒だ。
その褐色の液がなみなみとおまえを充たす。
おれがかつて醸《かも》し、いま選び出した
この最後の飲物を、おれはおごそかな挨拶とともに
心をこめて、この暁にささげよう。

（杯を口にあてる）

鐘の音と合唱の声。

天使の合唱
キリストはよみがえりたまいぬ。
死すべきものによろこびあれや。
姿は見えでしのびよる、
ほろびにみちびく、
宿世《すくせ》の罪*2をになえる者に。

ファウスト　なんという深い鐘のひびき、なんという清らかな声だ。
それが抗《あらが》いがたくこの杯をおれの口から引き離す。
あの余韻ゆたかな鐘の音《ね》は、
早くも復活祭のはじまる時刻を知らせるのか。
あの合唱の声は、むかし墓の闇[*3]のほとりで
天使の唇から響き出て、新約の基《もとい》をかためた
あの偉大な慰めの歌をうたっているのか。

女たちの合唱
　われらまめやかにかしずきて
　香料を
　御体《みからだ》に塗りまつり、
　臥《ふ》させまつりぬ。
布をもて紐をもて
きよらかにつつみまつりぬ。
さるを、あなや、主のみすがた、
はやここにいまさぬ。

天使の合唱

　キリストはよみがえりたまいぬ。
人の世を救わんための
　重きなやみの
試煉の業《わざ》を卒《お》えたまいし
いつくしみの主、さきくいませ。

ファウスト　天上の声たちよ、なぜきみらはそのように力強く、また柔和に、
この塵あくたのなかにいるおれに話しかけるのか。
心のやさしい、感じやすい人たちのいるほうへひびけばいいに。
なるほどその福音のことばはおれにも聞こえる。しかしおれには信仰というものがない。
奇蹟は信仰の愛子《まなご》なのだ。
あのいつくしみ深いおとずれを送ってくる
あの世界へはいろうと、おれは努めぬ。
ではありながら、この歌のひびきは幼いときから聞き慣れているので、
いまもおれを生へ呼びもどす。

むかしは、天の愛の接吻が、
おごそかな安息日の静寂のなかにおれに降りそそいだものだ。
そのとき鳴りひびく鐘の音《ね》は大きな予感にあふれ、
おれの祈りは火と燃えるはげしい歓喜だった。
何かわからぬ甘美な憧れにかられて、
おれは森を野をさまよい歩いた。
そしてとめどもなく熱い涙を流しながら、
おれはひとつの新しい世界がおれのために生まれ出てくるのを感じた。
そのときこの歌は、青春の快活な遊びを、
春の祭の自由な幸福を、告げ知らしたのだ。
思い出がいまおれを少年の心に帰し、
最後の峻厳な一歩からおれを引きとめた。
おお、いつまでもひびいてくれ。やさしい天の歌声よ。
涙があふれる。大地はおれを取りもどしたのだ。

使徒たちの合唱
　葬《はぶ》られたまいし主は

奥津城《おくつき》を出で、
生きの身にして気高く、
み空さして昇りたまいぬ。
蘇りをよろこびつつ
創造のよろこびに近づきたもう。
あわれ、悲しみ悩むわれらは
地の胸にすがるのみ。
あくがれ慕う使徒われらを
主はこの地にゆだねたもう。
あわれ師よ。おんみの幸に
われらは泣く。

天使の合唱

キリストはよみがえりたまいぬ。
滅びの土を離れたまいぬ。
汝《いまし》らもよろこびもて
土のきずなを断てよ。

行為《おこない》もて師を讃うるもの、
愛を証《あかし》するもの、
同胞《はらから》どちと食をわかつもの、
教えを説きつつ旅ゆくもの、
来たらんよろこびを伝うるもの、
汝《いまし》らに師は近し、
師は汝《いまし》らと共にいます。

＊1　フランスの占星学者（一五〇三～一五六六）。一五五五年に、韻文形で述べられたその予言の書が出て、世の視聴を集めた。史的ファウストがその書を見たことは、年代的にありえないが（史的ファウストは一五四〇年に死んでいる）、ゲーテは一般に神秘的自然哲学者の代表として、この特殊な響きをもつ名をここに用いたのであろう。
　なお、この場面でファウストの見る「大宇宙のしるし」とは、宇宙のしくみの総体を線や形で象徴的に表わしたものと考えられる。

＊2　キリスト教でいう原罪。ただファウストの心に訴えたのはこういう教義的なことばではなく、全体としての天使の合唱の柔和な音調である。

＊3　キリストの墓。そこへマグダレナのマリアが朝まだきに行くと、天使がキリストの復活昇天を告げた。

市門の前

さまざまの人、散歩しながら郊外へ出てゆく。

職人の徒弟数人　どうしてそっちのほうへ行くんだ？

別の徒弟たち　おれたちゃ猟師小屋へ行ってみるんだ。

初めの徒弟たち　こちとらは水車場のほうへぶらつこうというんさ。

一人の徒弟　それより水屋敷にしたらいいじゃないか。

第二の徒弟　あっちは途中がつまらないからな。

別の徒弟たち　おまえはどうする？

第三の徒弟　　　おれは、みんなの行くほうへ行く。

第四の徒弟　城村へのぼって行こうぜ。あすこは女たちもいいし、ビールもうまい。喧嘩だって、生きのいいのができる。

第五の徒弟　よさないか、もう一度なぐられたいのか。おれはあんなところはごめんだ。思っただけでもぞっとする。

女中　もういや。わたし、もう町へ帰る。

別の女中　あすこのポプラのところまで行ってみようよ。きっとあの人、あすこに来ているわ。

第一の女中　来てたって、おもしろくもない。

あの人はあんたと並んで歩くだけよ。
踊りに行ったって、あんたとばかり組んでさ。
あんたが楽しいのを見てたって、わたしに何になるの？

別の女中　今日はあの人、きっとひとりじゃないわ。
あのちぢれ毛の人といっしょに来ると言ってたわ。

学生　どうだい、あのピチピチした娘たちの歩きっぷりは。
君、来いよ。彼女らのあとをつけよう。
強い酒にきつい煙草、
それに、めかしこんだ娘というのが、ぼくの好みだ。

良家のむすめ　まあ、あのいい服装《みなり》の学生さんたちをご覧なさいよ。
ほんとうに見っともないわ。
どんな立派なひととだって交際できるのに、
あんな女中のあとなんぞつけるなんて。

第二の学生 （初めの学生に）　おい、そう急ぐなよ。あとから二人来るが、
なかなか着飾っているじゃないか。
ひとりは隣のうちのむすめだよ。
おれはあの子に惹かれているんだ。
あんなに神妙に歩いているが、
いまにこっちがごいっしょさしてくれと頼めば、ことわりはしないさ。

第一の学生　よしたまえ。ぼくは窮屈な相手はまっぴらだ。
早くしないと、せっかくの大鹿を逃がしてしまうぞ。
土曜日に箒《ほうき》を使う手が、
日曜日にいちばんよくぼくたちをさすってくれるのさ。

市民　いや、こんどの市長には感心しませんなあ。
市長になってしまうと、日ましに横暴になる。
そして市のためには、いったい何をしています？
市政は一日一日わるくなるばかりじゃありませんか。
ああしろこうしろはいままでよりうるさいし、

税金は高くなる一方です。

乞食　（歌う）

お情け深い旦那さま、お美しい奥さま方。
お召物もごりっぱ、お顔の色もおすこやかな皆さま方の
お目をどうぞわたくしにおとめあそばして、
この難儀をお救いなされてくださりませ。
このオルゴルを廻す手をお見過ごしくださいますな。
施す方には喜びが参ります。
みなさま方のお仕事休みの日が
わたくしのよい収穫日《とりいれ》でありますよう。

第二の市民　日曜日や祭日には、
戦争や突撃の話をするのが、わたしには何よりの楽しみで。
国と国とがなぐりあいをしているのは、
遠く離れたトルコでのことですからな。
こちとらは窓ぎわに陣取って一杯やりながら、

いろんな船が河をくだってゆくのを眺めている。
日が暮れれば機嫌よく家へ帰って、
無事と平和を神に感謝するのです。

第三の市民　まったくそうだ。わたしもその流儀でさ。

よそではいくらでも頭のぶち割りっこをするがいい。

上を下への騒動も結構。

けれどわが家にだけは浪風立つな、ですよ。


老女　（良家のむすめたちに）おやおや、えらいおめかしが出来ましたな。別嬪ぞろいだ。

これじゃ誰もボーッとせずにはいられまい。

おや。そんなにつんけんなさらぬがよい。わかりましたよ。

だがね、おまえさん方の願いや望みのことでは、いつでも相談に乗ってあげるからね。

良家のむすめ　アガーテ、あっちへ行きましょうよ。あんな魔法使いのお婆さんと
人なかで話をするなんて、気をつけなくちゃ。
聖アンドレアスさまの晩に、

わたしの未来の夫の姿を見せてくれたことはあるんだけれど。

他のむすめ　わたしには、水晶に映して見せてくれたのよ、
軍人みたような人で、強そうな仲間といっしょにいるの。
それからはわたし、いつ逢うかしらと、気をつけているんだけど、
まだいっこうそれらしいひとには逢わないのよ。

兵士たち
　墻壁《しょうへき》そびえる
　堅固な城と
　つんと気どった
　すげないむすめ、
　落としてみたいはこの二つ。
　艱難辛苦を
　戦果がむくいる。

　ラッパが呼べば

万事をすてて、
修羅場へなりと
濡れ場へなりと。
これぞ突撃、
これぞ生きがい。
むすめと城は
落とさにゃならぬ。
艱難辛苦を
戦果がむくいる。
そこで兵士は
勇んで繰り出す。

ファウストとワーグナー、登場。

ファウスト 生命《いのち》を呼びさます、やさしい春のまなざしをうけて、
船を浮かべる大河《おおかわ》も野の小川も、氷から解き放された。
谷には希望にみちた幸福がみどり色に萌え出ている。
冬は老いおとろえて、

さびしい山奥へ退いた。
そして逃げながら、
パラパラとあられをふりまいて、
青んでゆく野に氷の疵《きず》をのこそうとする。
だが日はもういっさいの白いものを見逃してはおかぬ。
あらゆるものに日は、伸び出ようとする力、育つ力をあたえ、
いたるところに生きた色彩をまき散らす。
とは言え、花はこのあたりにまだ咲かないので、
日はそのかわりに晴れやかに着飾った人々をまねき集めるのだ。
どうだ、振り返って、この高みから
町のほうを眺めてみるがいい。
古びた暗い市の門から、
色とりどりの人の波が、あとからあとからと繰り出してくる。
だれもが今日は思いきり日を浴びたいのだ。
この人たちは主の復活を祝っているのだが、
それはこの人たち自身が復活したからだ。
低い家のうっとうしい部屋から、

手職や商いの日常の束縛から、
重苦しくかぶさる屋根や破風《はふ》の下から、
両側の家並みがもたれあっているような狭い通りから、
教会の気づまりな暗闇から、
みんなが光へと出てきたのだ。
まあ見るがいい。あんなに活潑に群集は
野に畑に散ってゆくのだ。
川面《かわも》ではたくさんの小舟がにぎやかに騒ぐ人々を載せて、
上《かみ》へ下《しも》へ、右へ左へ、漕ぎ交わしている。
いまあの最後の舟が、沈むばかりに人を積んで
岸を離れるところだ。
あの遠い山の小径《こみち》からさえ
華やかな着物の色が合図している。
もう村のほうからどよめきが聞こえてくる。
これこそ民衆のほんとうの天国だ。
老いも若きも歓びの声をあげている、
「ここではおれも人間だ。人間らしく楽しんでいいのだ」と。

ワーグナー　先生。あなたのお供をして散歩しますのは、
光栄でもあり、有益でございます。
けれどわたくし独りなら、けっしてこんなところへやって来る気にはなれません。
なにしろわたくしはおよそ粗野なことの敵でございますから。
ヴァイオリンをこするやら、大声でどなるやら、九柱戯の珠《たま》をころがすやら、
どれもこれも、わたくしには身の毛もよだつ騒々しさで。
みんな、悪魔にけしかけられたように騒ぎ立てて、
それを楽しみだの、歌だのというのですから。

農夫たち、菩提樹の下で。

踊りと歌
舞踏《おどり》おどろと羊飼いがめかした。
派手なチョッキに、帽子にゃリボン。
伊達な姿に仕上がった。
菩提樹めぐって、もうあの人出、
狂ったような踊りよう。

ユホヘ、ユホヘ、
ユホハイザ、ハイザ、ヘエ。
胡弓の音もそうひびく。

羊飼いは急いで割り込む。

そのときとんと片肘が
ひとりのむすめにぶっつかる。

元気なむすめは振り返り、

「ほんにとんまな人がいる。」

ユホヘ、ユホヘ、
ユホハイザ、ハイザ、ヘエ。

「そう不躾では困ります。」

それでも始まるぐるぐる廻り。
右へもおどる、左へも。
裾がひらひら風に舞う、
顔がほてって熱くなる。

一息入れよう、腕組んで。
ユホヘ、ユホヘ、
ユホハイザ、ハイザ、ヘエ。
腰のあたりに手がまわる。

「なれなれしさが過ぎましょう。
夫婦約束かわしても
だました男はたんとある。」
それでも口説いておびきゆく。
騒ぎは二人に遠くなる。
ユホヘ、ユホヘ、
ユホハイザ、ハイザ、ヘエ。
胡弓の音や人の声。

老農夫　これは、これは、先生さま。ようこそきょうは、
わたくしどもをおさげすみもなく、
このごったがえしのなかに、

どえらい大先生のお身でお出でくださいました。
では、いま開《あ》けたばかりの酒でございます。
どうか、わたくしどものいちばん大事にしておりますこのコップで、お乾《ほ》しくださいまし。
先生のご健康をお祈り申しあげます。
お喉の渇きをおとめ申すばかりでなく、
この酒のしずくの数ほども、
先生のご寿命の日数月数をおふやしくださいますように。

ファウスト　では遠慮なく頂戴して、
みなさんに祝福と感謝をお返しします。

人々、輪になってまわりに集まる。

老農夫　ほんとうに、こういうめでたい日に
おいでくださいまして、ありがたいことでございます。
いまも忘れはいたしません、あの流行《はやり》の疫病でわたくしどもが難儀しましたとき、
先生さまの深いお恵みにあずかりました。
ここにこうして達者な顔を見せております者のなかにも、えらい熱をわずらっていたのを、

ご先代の老先生さまが、
あぶない瀬戸際でお救いくださいましたのが、まだたんとおります。
そうしてとうとうご先代さまは、疫病にとどめを刺してくださいました。
先生さまも、その時分はまだお若かったが、
どの隔離所へもお見舞いくだすった。
どこからもたくさんの死骸がかつぎ出されたが、
先生さまはいつもご無事で、
きつい試煉をお切り抜けなさったのでございます。
人をお助けくださる方を、天の神さまがお助けくだすったのでございます。

一同　お慕い申しあげる先生さまがご長寿で、
いつまでもわたくしたちをお助けくださいますように。

ファウスト　いや。人を助けることを教え、そして助けをお授けくださる
天にいます方に頭を垂れて、お礼をなさるがよい。
（ワーグナーとともに、そこを離れて歩む）

ワーグナー　先生、大したものでございますね。どんなでございます、
こんなにみんなから尊敬されるお気持は？
先生のように、もって生まれた天分を発揮して
このように成功をおおさめになる方は、おしあわせでございます。
父親は子どもに先生を指さして教えます。
どこだどこだと言って誰もかれも駆けよって来、前へ出たがります。
ヴァイオリンの弓はとまり、踊り手の動きはにぶくなります。
お歩きになると、両側に人垣が出来、
たくさんの帽子が宙に飛びます。
それこそ土下座もしかねないさまは、
御聖体のお通りというふうでございますね。

ファウスト　もう少し登れば、腰掛石がある。
さあ、ここでしばらく休もう。
ここに坐ってわしはよくひとりで思いに沈み、
祈りや断食で身を責めたものだ。
あのころは、希望に充ち、信仰も固かった。

わしは涙をながし、吐息をつき、手をもみあわせて、
あのペストの流行がやむように、
天にいます主に、一途《いちず》にお願いしたものだ。
いま大勢に褒められるのは、まるで嘲りのように聞こえる。
ああ、君にはとてもこの気持はわかるまい、
親父にしろ、わしにしろ、
あのように人に褒められる働きはしていなかったのだ。
わしの親父は世間と交わりを断っていた学究で、
自然とその神聖な諸領域を、
まじめに、とは言えるが、自己流に、
気まぐれな力の入れ方で、研究しつづけていた。
錬金術師の仲間にはいって、
「黒い厨」[*1]というやつに閉じこもり、
無類のややこしい処方箋どおりに、
性《しょう》の合わぬ物どうしをかけ合わせたものだ。
大胆に言い寄る「赤獅子」[*2]を
ぬるま湯のなかで「百合姫」[*3]とめあわせる。

さてこの新婚の夫婦を燃え立つ火で攻めて、
閨《ねや》から閨へ追いまわす。
そのあげく、玉虫色に輝いて
「若い女王」がグラスのなかに生まれると、
それが薬だ。患者はどんどん死ぬ。
誰が直ったかと詮索する者もない。
こうしておれたち親子は地獄の煉薬《ねりぐすり》をもちまわって、
この界隈の山ぞい、谷あいの村々に
ペスト以上の猛威をふるったものだ。
おれもその毒薬を何千という患者に盛った。
患者たちは痩せしぼんで死んでいった。おれはこのとおり生きていて、
人を殺して褒められるという苦い経験を味わわなくてはならないのだ。

ワーグナー　そんなことを気になさらんでも、いいじゃありませんか。
先人から伝えられた技術を
誠実に、正確に行なっていけば、
それで立派に人としての責任を果たしたのではございませんか。

先生がお若いとき、父上を尊敬なすっていらしたのだから、
その技術をよろこんでお受けになったのは当然のこと。
それから先生がお齢を召して、その学問をおひろげになる。
すると今度は、先生のご子息によってそれがいっそう高いところへ押し進められるわけではございませんか。

ファウスト　いや。われわれの陥っているこの間違いだらけの境涯から、
いつかは脱け出せると思い込んでいられるものは、しあわせだ。
われわれは、必要なことはいっこう知らず、
知っていることは何の役にも立てることができないのだ。
だがこの瞬間の美しい幸福を、
こんな憂鬱な話でそこなうことはやめにしよう。
夕日の燃える色に染められて、
緑につつまれた農家があちこちに輝いているのを見るがいい。
日は刻々に傾き、きょう一日も暮れようとしている。
ああして日は向うへ去って、新しい生をうながすのだ。
ああ、わしに翼があって、この地のいましめから飛び立ち、

あの日輪のあとを、どこまでも、どこまでも追いかけることができたらなあ。
そうすれば、永遠の夕映えのなかに、
静かな世界が足もとによこたわり、
嶺々《みねみね》は火と燃え、谷はみな静まって、
銀の小川が金色《こんじき》をたたえた大河に注ぐのが見えるだろう。
そうすれば、そばだつ断崖をつらねた荒々しい山も、
神々に似たわしの飛行をさまたげることはできまい。
驚きに見ひらくわしの眼の前には、
早くも海原と、温《ぬく》まった潮に洗われる入江が開けよう。
だが日の女神はとうとう沈んでゆくらしいな。
しかし、おれには願いが目覚めてくる。
おれは女神の永遠の光を飲もうとして翼をはやめる。
飛びゆくおれの前は昼、後ろは夜、
上は空、下は波また波。
ああ、美しい夢だ。だが夢みるあいだにも日は去ってゆく。
ああ、こころの翼は自由に羽ばたいても、
肉体の翼がそれに伴うのは容易なことではない。

しかも、青空高くを姿をかくして
雲雀《ひばり》が声をかぎりに歌うとき、
そそり立つ樅《もみ》の山の空に
鷲が翼をひろげて輪をえがくとき、
また広野をこえ、海原をこえて
鶴がひたすら故郷を目ざすとき、
感情がいよいよ上へ、いよいよ彼方《かなた》へとあこがれるのは、
人間誰しもの天性ではあるまいか。

ワーグナー　わたくしも、ときにはずいぶん気まぐれなことを考えますが、
しかしまだそんな望みにとりつかれたことはございません。
森や野の景色だって、いつまでも見ていたいとは思いませんし、
鳥の翼を羨むことなど、これからもございますまい。
それと天地の違いのありますのは、精神上の快楽で、
書物を一ページ一ページ、一冊一冊と読んでゆく気持は、何ともいわれません。
ながい冬の夜も、楽しく喜ばしいものになり、
幸福と感動が五体をあたためてくれます。

それがすすんで、貴重な古文書をひもといたりいたしますと、
天上の生活がそっくり自分のところへ下りてきてくれたような気がいたします。

ファウスト　いや、君の知っているのはただ一つの願いだけだ。
それとは別の、もう一つの願いは、いつまでも知らずにいるのがよかろう。
ああ、おれの胸には二つのたましいが住んでいる。
その二つが折り合うことなく、たがいに相手から離れようとしている。
一方のたましいは荒々しい情念の支配に身をまかして、
現世にしがみついて離れない。
もう一つのたましいは、無理にも埃《ほこり》っぽい下界から飛び立って、
至高の先人たちの住む精神の世界へ昇っていこうとする。
ああ、この大気のなかに、霊たちがただよって、
天と地のあいだのことを司っているものなら、
金色に染められたあの靄《もや》のなかからここへ姿を現わして、
おれを新しい、変化に富んだ生活へ連れ出していってほしい。
そうだ。せめて魔法の外套でも手にはいって、
それに乗って、未知の国々へ飛んで行けたらいいのだが。

おれのためには、それは、どんな高価な衣裳にも、
よしんば帝王のマントにも、換えがたいものだ。

ワーグナー　お願いですから、あの悪名高い霊たちのことはおっしゃいますな。
あの一族は雲を足場にあまねく流れはびこっていて、
ありとあらゆる危害を人間に加えようと、
四方八方から狙っています。
北からは、歯の鋭い、矢のように舌を尖らせた
やつらが襲[*4]ってまいります。
東から来る魔物どもは、万物を干からびさせて、
肺の臓を食い荒します。
南の砂漠から送られてくるのが、
わたしたちの頭に火のような熱気を吹きつければ、
西からむらがり寄せてくる一群は、初めは涼しさをもってきて息をつかせますが、
やがては野も畑も水に溺らしてしまいます。
こういう悪霊たちは、ひとの言うことはよく聞いて、人間の言いなりになります。
だがそれは、わたしたちをだまして、すぐに災難に突き落とそうためなのです。

まるで天から遣わされたように見せかけ、
天使のような声で嘘をつきます。——
だが、もう帰ることにいたしましょう。あたりはだいぶ暗くなり、
つめたい風が出、霧が下りてまいりました。
夕暮になると、家のありがたみがわかりますなあ。——
おや、先生、どうして足をおとめになります？　何を驚いてご覧になっておいでです？
薄暗がりのなかに何があります？　そんなにご熱心に？

ファウスト　あの黒い犬が君には見えないか。苗や刈株のあいだを動きまわっている。

ワーグナー　とっくに見えております。大したものではないようで。

ファウスト　よく見たまえ。君はあの動物を何だと思う？

ワーグナー　むく犬ですな。むく犬流に
主人の足跡をせかせか探しているのじゃございませんか。

ファウスト　君には気がつかんか、あの犬は、われわれを中心に大きな螺《ら》旋《せん》型の環を描《か》いている。
だんだんその環をちぢめて、われわれのほうに近づいてくるのだ。
それにおれの見違いでなければ、火が渦巻きながら
あいつの走るあとあとに帯のように曳《ひ》いている。

ワーグナー　わたしには黒いむく犬しか見えません。
たぶん先生のお目のせいでございましょう。

ファウスト　いや、おれの見るところでは、あいつはこれからわれわれと縁を結ぼうとして、
目に見えぬ魔法の環をわれわれの足もとに描《か》いているらしい。

ワーグナー　あのように気おくれした様子でわたしたちのまわりを走っています。
主人かと思ったら、知らない男が二人も立っているからでしょう。

ファウスト　環がちぢまった。ほら、やって来た。

ワーグナー　ご覧なさい、ただの犬です。化け物じゃありません。
唸って、ためらうかと思うと、腹ばって、
尾をふっています。どの犬もすることです。

ファウスト　こら、こっちへ来い。おれたちの仲間になれ。

ワーグナー　むく犬らしい愛嬌のあるやつでございます。
先生が立ちどまれば、前へ来てかしこまります。
ことばをかければ、飛びつきます。
落とし物をなされば、くわえてまいりましょう。
ステッキを取りに、水のなかへも飛び込みましょう。

ファウスト　なるほど。君の言うとおりかもしれん。見たところ
霊をそなえている様子はなくて、ただ仕込まれただけのものらしい。

ワーグナー　よくしつけられた犬は

賢者にも気に入ると申します。
学生たちが奪い合いをする持ち物ですから、
先生のご愛顧を受ける値打はじゅうぶんにございます。

（二人、市門にはいる）

＊1　錬金術師の実験室。
＊2　化学薬品を比喩的に言う。おそらく酸化水銀（赤色）。
＊3　化学薬品を比喩的に言う。おそらく塩酸（白色）。
＊4　風や嵐の危険な作用は、民間信仰的にも、また一部の自然哲学者によっても、悪い霊によるものと考えられていた。以下も同じ。

書斎

ファウスト、むく犬をつれてはいってくる。

ファウスト　深い夜につつまれた
野や畑からわしは帰ってきた。
夜は意味ふかい、神聖な戦慄で、
われわれのうちのよりよい魂を呼びさまそうとする。
物狂わしいかぎりの振舞をしかねない
荒々しい欲望は寝入ってしまった。
いまは人間への愛、
神への愛が湧いてきた。
むく犬、静かにしておれ。あっちこっちを走りまわるな。

なぜそう敷居のところをくんくん嗅ぐのだ。
煖炉のうしろへ行って寝ていろ、
おれのいちばんいいふとんを貸してやるから。
さっきは、郊外の野道で、
おまえが飛んだり跳ねたりしておれたちを喜ばしてくれた。
今度はおれがもてなしてやるから、
おとなしい客になれ。

ああ、この狭い書斎に
ランプがいつものようにやさしくともると、
おれたちのこの胸、
この心は、自分をとりもどして明るくなる。
理性がふたたび語りはじめる、
希望の花がまた咲きはじめる。
ああ、生のながれ、生のみなもとへと、
あこがれは目ざめるのだ。

うなるな、むく犬。いまおれの心に鳴りわたっている
神聖な音色は、
けものの声とは相容れぬ。
人間どもが、自分のわからぬことを軽蔑し、
荷厄介になってくると
善や美にもけちをつけることは、
おれたちは見慣れている。
犬もそういう人間どもに劣らず、それにけちをつけようとしてうなるのか。

だが、ああ、これほど望んでいるのに
満足はもうこの胸から湧き出しそうにない。
なぜ流れがこうも早く涸れて、
おれたちはまたしても渇きになやまなければならないのか。
これは幾度となく味わってきたことだ。
しかしこの不如意を埋め合わせるものはある。
つまり超自然的なものを敬い、
天上の啓示にあこがれる気持だ。

その啓示が、もっとも貴く美しくかがやいているのは、
ほかならぬ新約全書のなかだ。
さっそく原典をひもといて、
心をこめて、
神聖な本文を
わが愛するドイツ語に訳してみよう。
（一巻の書をひらき、翻訳にとりかかる）
こう書いてある。「初めに言葉ありき。[*1]」
ここで、もうおれはつかえる。どうしたらこれが切り抜けられるか。
おれは言葉というものをそれほど重く見ることはできぬ。
おれに精神の光がみちているなら、
別の訳語を探らねばならぬ。
これはどうだ。「初めに思いありき。」
筆があまり軽くすべらぬよう、
第一行に念を入れることだ。
いっさいのものを創り、うごかすのは、「思い」だろうか。

これはこう置くべきだ。「初めに力ありき。」
だが、こう書いているうちにもう、
これではまだ物足らぬとささやく声がする。
あっ、霊のたすけだ。とっさに考えが浮かんで、
おれは確信をもって書く。「初めに行為ありき。」

おれといっしょにこの部屋にいたいなら、
むく犬よ、唸るのはよせ、
吠えるのはよせ。
こんなに騒々しくするやつを
連れとしてそばにおくことはできぬ。
おまえかおれか、どっちかが、
書斎を出てゆかねばならぬ。
客として迎えたものを追い出すことは好まぬが、
戸はあいている。勝手に出て行くがよい。
だがいったい、これは何事だ！
こんなことが自然界にありうるか。

これはまぼろしか、まことか。
むく犬めのたけが伸び、身幅がひろがる。
勢いよく身体《からだ》をもたげる、

これはもう犬のすがたではない。
なんという化け物を連れ込んだことか。
まるでもう河馬《かば》のようだ、
焔の目を光らせ、おそろしい歯並みを見せている。
よし、おまえはもうおれのとりこだ。
こんな地獄の生まれそこないには、
ソロモンの呪文[*2]がきくはずだ。

霊たち（廊下で）
　中に一匹つかまっている。
みんな外におれ。ついてはいるな。
わなにかかった狐のように、
　地獄の古山猫がふるえている。

だがみんなあきらめまいぞ。
あっちへただよい、こっちへただよい、
浮きつ沈みつ、目を離すな。
するとあいつは脱け出すだろう。
みんな気持をひとつにして、
このままあいつを見捨てるな。
おれたちはみんなずいぶん
あいつの世話になったのだ。

ファウスト　まず、このけものには
四大の呪文を使ってみよう。

火の精ザラマンダーはもえよ。
水の精ウンデーネはうねれ。
風の精ジュルフェは去れ。
土の精コーボルトははげめ。

この四大を知らぬもの、
その力と
性《さが》に
通ぜぬものは、
霊どもを御する
師にはなれぬのだ。

焔となって失せよ、
ザラマンダー。
音立てて流れ寄れ、
ウンデーネ。
流星となってかがやけ、
ジュルフェ。
家事の手伝いに精出せ、
インクーブス[*3]、インクーブス。
すがたを現わし、退散せよ。

四大のどれも
この獣のなかにひそんでおらぬ。
平気でうずくまって、おれの顔をにらんでいる。
この文句では、まだ痛い目にあわぬのだな。
では、もっと強い呪文をかけてやるから、
ようく聞きおれ。

これ！　きさまは
地獄のあぶれ者か。
ではこの印《しるし》＊4を見ろ。
これは暗黒世界のやつばらも、
頭を垂れる貴い印《しるし》だ。

どうだ。はやくも針のような毛を逆立ててふくれてきた。
　いまわしいやつめ、
　これが読めるか。

生まれずしていまし、[*5]
言いつくされたことがなく、
あまねく天空に注がれ、
無慚にも刺しつらぬかれた方の印《しるし》だ。

煖炉のうしろに釘づけになって、
こいつ、象のようにふくれあがる。
部屋いっぱいにひろがって、
霧になって散ろうとする。
天井へと昇ってゆくな！
師の足もとにうずくまれ。
みせかけに嚇しているのでないことがわかったか。
神聖な火できさまを焼こうか。
三位一体の威をもって輝く光を[*6]
待つつもりか。
おれの術の奥の手のこっぴどいのを
待つつもりか。

メフィストフェレス　（霧がおさまると、煖炉のうしろから現われる。旅の大学生のいでたち）
そうお騒ぎになるにはおよびませんよ。なんのご用です？

ファウスト　では、これがむく犬の正体か。
旅の学生だな。これはお笑い草だ。

メフィスト　大先生にご挨拶申しあげます。
おかげでたっぷり汗をかきました。

ファウスト　きみの名は？

メフィスト　それはちっぽけなお尋ねかと思いますね、
言葉というものをあれほど軽んじ、
いっさいの外観を離れて
ただ本質の深みをおさぐりになるお方としては。

ファウスト　きみらのようなのは、名前を聞けばたいがい本質が読めるものだ。
蝿の神、誘惑するもの、偽わるものなどといえば、
本質はわかりすぎるくらいにわかるではないか。
それはそうと、君はいったい何者だ？
メフィスト　つねに悪を欲して、
しかもつねに善をおこなうあの力の一部です。
ファウスト　ふん、その謎めいた言葉の意味は？
メフィスト　わたしはつねに否定してやまぬ霊です。
しかもそれを正当の理由があってやっている。なぜなら、生じてきたいっさいのものは、
滅びてさしつかえのないものです。
それを考えれば、何も生じてこないほうがましだ。
そういうわけで、あなた方が罪とか、
破壊とか言っているもの、つまり悪と呼んでいるいっさいのもの、
それがわたしの領分なんです。

ファウスト　きみは一部と名のっている、だが全体気取りでしゃべり立てているじゃないか。
メフィスト　わたしは事実を事実として申し上げているだけで。
人間という阿呆くさい小宇宙は
たいてい自分を全体だと思っていますがね——
わたしなどは、部分のまた部分です。最初は一切であって、
やがて胎内から光を生み出したあの暗黒の一部です。
ところがその光は心驕《おご》って、母なる暗黒と
本家争いをやり、空間の取りっこをしている。
だが、それがうまくいかないというのは、どうあがいたところで、
光は物体にしばられたものだからです。
光は物体から流れ出る、物体を照らしてそれを美しく見せる、
しかしたった一つの物体にも行く手をさまたげられる。
そういうわけで、遠からず光は
物体とともに滅びるでしょうよ。

ファウスト　それできみの結構な任務はわかった。
きみは全体としては何も壊せない。
そこで小さくなしくずしに壊しにかかっているのだ。

メフィスト　ところがそれも大してはかがいかないのが実状で。
無に対立する或る物、
それはこの不細工な世界ですが、
こいつが、いままでずいぶん手をつくしたが、
どうにもやっつけようがない。
津波、嵐、地震、火事、なんで攻めても、
あとにはやっぱり陸と海とが平気で残っている。
それから動物とか人間とかいういまいましい代物《しろもの》だが、
これがまたなんとも手におえない。
いままでどのくらいおだぶつにしてやったかわからない、
ところがいつも新手《あらて》の生きのいい血がのさばり出す。
そんなことがいつまでもつづいてゆく、考えると気も狂いそうです。
空気からも、水からも、土からも、

乾いたところにも、湿ったところにも、熱いところにも、寒いところにも、
千万の物の芽が萌《も》えだす。
もしわたしが焔の力をわたしのものにしておかなかったら、
めぼしいものは、なんにもわたしの手に残っていなかったでしょうよ。

ファウスト　そんなふうに、きみは永遠にやすむことなく
めぐみゆたかに創造する偉力に対して、
むなしく陰険に固められた
つめたい魔のこぶしを揮っているのだな。
混沌の生んだ奇怪な息子よ、
何かほかのことをやりはじめたらどうだ。

メフィスト　まったく。すこし考えてみましょう。
そのことはこの次にもっとくわしく話しあいましょうや。
今日はこのくらいでお暇《いとま》をいただきたいのですが。

ファウスト　なぜそんなことをことわるのだ。

これできみと知り合いになったわけだ、
いつでも気の向いたときに訪ねて来たまえ。
そこに窓がある、戸もある。
煙突もきみには役に立つはずだ。

メフィスト　思いきって言ってしまいましょう。わたしが出てゆくには
ちょっとした邪魔があるのです。つまり、
敷居にかいてあるあのしるしで。

ファウスト　このペンタグラム[*7]を気にするのか。
これは不思議だ。あれがきみに通せんぼをするなら、
はいるときは、どうしてはいったのだ。
そういう霊力のあるものを、どうごまかしたのだ。

メフィスト　ようく見てごらんなさい。線がほんとうに引いてないのですよ。
外に向いているその尖《さき》のところが、
ごらんのとおり、すこし開《あ》いています。

ファウスト　これは怪我の功名だった。
それじゃきみはおれの俘《とりこ》だな。
知らずにうまく運んだものだ。

メフィスト　むく犬は何も知らずに飛び込んだのです、
ところが状況が変わりました。
悪魔は外に出られないというわけで。

ファウスト　それにしても、どうして窓から出ないのだ。

メフィスト　悪魔と幽霊にはこういう掟があるんで。
はいってきた口から出てゆかなくちゃならんのです。
最初は自由だが、二度目には奴隷です。

ファウスト　地獄にも法があるのか。
だが、それはけっこうなことだ。じゃきみたち紳士とは、契約もしっかり結べるわけだな。

メフィスト　それはお約束した以上は、一点の抜かりもなく果たします、なんのかんのと値切ったりはしません。だが、これはそう手短かには話しきれない、今度またゆっくりご相談にあずかりましょう。ところで平《ひら》にお願いします、今日のところはこれでお暇《いとま》をいただきたい。

ファウスト　それにしても、もうちょっとぐらいはいいだろう。いろいろ面白い話がありそうだ。

メフィスト　もうこのくらいでご勘弁ください。すぐにまたやって来ますから。そのときはなんでもお尋ねください。

ファウスト　おれがきみを追いかけたわけじゃない。きみのほうから網に飛び込んできたのだ。

悪魔が手にはいった以上、めったなことで手放せるものか。
そううまくは二度とつかまえられないからな。

メフィスト　そんなにお望みなら、わたしもこのままここで、
お相手をいたさぬものでもない。
だが、お退屈しのぎにわたしの術を
やってご覧にいれるという条件つきでね。

ファウスト　拝見しよう。何なりとやりたまえ。
ただその術は面白いものでなくちゃいかん。

メフィスト　それはおっしゃるまでもありません。
この一時間にあなたの五官は、
単調な一年間に味わう何倍かを味わえますよ。
これからやさしい霊たちが歌ってお聞かせしたり、
美しい景色をお見せしたりするのは、

けっしてはかないまぼろしなんぞじゃない。
鼻にもいい匂いがしましょう。
舌にもとろりと来、
肌さえ恋人といっしょにいるようにうっとりする。
べつに仕度なんぞはいらない。
さあ、みんなそろった。始めろ、始めろ。

霊たち

消えゆけよ、頭上にかかる
おぐらき穹窿《アーチ》。
青きみ空よ、
きよく、やさしく、
あらわれ来たれ。
かぐろき雲は
散り失せたるよ。
きらめく小星、
燃ゆる

大星。
天つみ子らの
けだかき姿、
浮きつ沈みつ、
ただよい過ぐれば、
天つ乙女ら、
あこがれてそのあとを追う。
その衣《きぬ》の
ひらめく裾は
野山をおおい、
あずまやをおおう。
あずまやには恋する二人、
思いをこめて、
いのちのかぎり契りをむすぶ。
あずまやにならぶあずまや。
芽吹く蔓草。
蔓もたわわに熟《う》れし葡萄は、

121　書斎

滝つ瀬なして
酒蔵の桶にそそぐ。
泡立つ酒は
小川と流れ、
五色の石に
せせらぎて、
深き谷間を
うしろにし、
みどりなす丘々の
さわなるほとりに、
ひろがりて湖《うみ》となる。
群鳥《むらどり》は
よろこびをすすり、
日を慕い、
波間に
揺らめく
あかるき

島々をさして飛ぶ。
島には人々睦びつどいて
歓びの声をつらね、
手をとりて
みどりの野に舞う。
人みな思い思いに
天つ日をたのしむ。
高き山に
のぼるあり、
みずうみを
泳ぐあり、
波にただようあり、
すべては生を恋い、
星々の睦びてつどう、
恵みの幸ある、
遥かをしたう。

メフィスト　寝たな。身のかるい、やさしい子どもたちよ、よくやった。
よくまめやかに歌って、この男を寝入らしてくれた。
おまえたちの今夜の合唱の心づくしは忘れまい。
へん。悪魔をとりこにしようなどとは、まだおまえの分に過ぎている。
子どもたち、この男をあでやかな夢でがんじがらめにして、
まぼろしの海へ沈めてやれ。
ところで、この敷居のまじないをやぶるには、
鼠の牙が入り用だ。
呼び出すには手間はいらぬ。
もうそこらに一匹ガサゴソしている。さっそくそいつに仰せつけよう。

これ。大ねずみに小ねずみ、
さてまた蠅に蛙に南京虫にしらみの大王の
仰せだぞ。ぐずぐずせずにせせり出て、
この敷居をかじれ、かじれ。
こうして油を一滴たらすと——
早くもそこへちょろちょろ出てくる、

さっそく仕事にとりかかれ。おれを封じ込めたのは、
いっとうむこうの尖《と》んがりだ。
さあもうひとかじり。それでよし。
そこでファウスト先生、さようなら。またのお目もじまで、いい夢を見つづけなされ。

ファウスト　（目をさます）　またしてもだまされたか。
霊たちのむらがる訪れも、
夢に悪魔を見、*8
一ぴきのむく犬が逃げ出したことで終わったのか。

＊1　『新約聖書』「ヨハネ伝」の冒頭の句。
＊2　『旧約聖書』で有名なソロモン王は、中世のころ魔術師として考えられた。十六世紀から十八世紀にかけて各国に広まった『ソロモンの鍵』という魔法の書があり、それがソロモン王から発したものだと言われていた。
＊3　呪文のなかで最初に言われたコーボルトと同じく土の精。家事の手伝いをするとも考えられた。
＊4　JNRJ（ユダヤの王ナザレのイエス）という頭文字を印としてもつキリストの十字架像と考えられる。

＊5　この数行、キリストを意味する。永遠の存在であるからこう言う。

＊6　三位一体を象徴する一種の三角形の印。三方に輝いている。

＊7　魔除けに使われる下図のような星形。☆

＊8　ファウストは霊たちの歌のまどわしからまだ醒めきらず、現実と夢とを混同して、メフィストの出現をも夢の中のことと思ったのである。

書斎

ファウスト、メフィストフェレス。

ファウスト　戸をたたいているな。おはいり。また誰かおれを悩ましに来たのか。
メフィスト　わたしです。
ファウスト　おはいり。
メフィスト　三度言ってくださいまし。
ファウスト　では、おはいり。
メフィスト　ありがとう。
どうやらわれわれは仲よく提携していけそうですな。
つまり、あなたのふさぎの虫をおっぱらって差しあげようと、
今日はこのとおり貴公子のいでたちで参上したわけで。

赤の上衣には金のふちどり、
パリッとした絹地のマント。
帽子には鳥の羽、
そして長い細身の剣を下げている。
そこで単刀直入おすすめするが、
あなたもわたし同様こういう服装をなさいませんか。
そして何の拘束もない自由をたのしんで、
人生とはどんなものかを経験なさることですね。

ファウスト　どんな服装をしたところで、この狭い
地上の生の煩いはのがれられまい。
おれはもう、遊びにうつつを抜かすには齢をとりすぎ、
まだ、望みを断って暮らすには若すぎる。
世界がおれに提供できるものは何だというのだ。
それもない、あれもない、ただ我慢しろ。
これが、生きているあいだひっきりなしに
いやな声でうたわれて、

誰の耳にも聞こえてくる
永遠の歌だ。
朝、目をさますと、おれを襲ってくるのは恐怖の念だ。
今日という日も、暮れるまでに、
たった一つの願いもかなえてくれまい、たった一つも。
ほんのかすかな喜びを期待しても、
それがすぐ思慮分別のいこじな理屈ぜめでけちをつけられ、
生命《いのち》に湧きたつおれの胸の創造のはたらきも、
むらがり寄せる世俗のいざこざに引きとめられる。
今日もそういう日かと思えば、にがい涙がこぼれそうだ。
夜は夜で、床《とこ》がおれを招いても、
おれの心はなおさら不安におびえずにはいられぬのだ。
眠りについても憩いはなく、
乱れた夢に脅かされる。
おれのこの胸のうちに住んでいる神[*1]は、
おれのたましいの奥底を掻き立てることはできる。
その神はおれのもつあらゆる力に君臨しているのだが、

そのくせ外界のものは何ひとつ動かすことができぬのだ。
だから、この世にあることはおれには重荷だ。
死こそ望ましく、おれには生が呪わしい。

メフィスト　そうはおっしゃっても、死が客として心から歓迎されたためしはなかったですな。

ファウスト　ああ、勝利の栄光のさなかに
血まみれの月桂冠をいただいて死ぬ者は幸福だ。
根《こん》かぎり踊り狂ったすえに、
乙女の胸に抱かれて息をひきとるものは幸福だ。
ああ、おれもあの地霊を呼び出して巨大な力に触れたとき、
歓喜のあまりに死んでしまえばよかったのに。

メフィスト　でも、どこかの人はあの晩に、
茶色の液を飲み干さなかったようですね。

ファウスト　ふん。スパイをするのが君の趣味らしいな。

メフィスト　わたしは全知とまではいかないが、だいぶいろんなことはわかりますよ。

ファウスト　なるほど、あのときは恐ろしい混乱から、
聞き覚えのあるなつかしい音色《ねいろ》がおれを引きもどし、
わずかに残る幼なごころが、
たのしかった遠い時代の余韻によってたぶらかされた。
それにしてもおれは呪う、餌《えさ》やペテンで人間のたましいを俘《とりこ》にし、
だましすかして、それを
この肉体、この悲哀の洞窟に
閉じこめておくすべてのものを。
人間の精神がみずからを高しとする
驕慢を、何よりもおれは呪う。
おれは呪う、われわれの五官に殺到する
現象のまどわしを。
意味ありげな夢でわれわれを釣る

名声や死後のほまれなどの迷妄をおれは呪う。
所有物の名でわれわれに媚びるもの、
妻、子、奴隷、耕地などの一切をおれは呪う。
財宝を餌《えさ》に、われわれを向う見ずな行為へそそのかす一方では、
無為安逸にふけらせようと、
やわらかな褥《しとね》を敷いてわれわれをいざなう
黄金の神をおれは呪う。
葡萄から醸《かも》される慰安の液をおれは呪う。
恋の成就のあの最高のよろこびをおれは呪う。
希望をおれは呪う。信仰をおれは呪う。
そして何よりもおれは呪う、このくだらぬ生存への忍耐を。

霊たちの合唱（姿は見えず）
いたまし、いたまし。
美しき世は
毀《こぼ》たれぬ、
たくましき拳《こぶし》もて。

世界は倒れ、世界は崩る。
なかば神なる人これを砕きぬ。
砕かれしそのこなごなを
われら虚空に運びて、
失われし美を
なげく。
地上の子のうちの
力すぐれしものよ！
いやまさりて美しく
新しき世界を建てよ、
おんみの胸にうち建てよ。
新しき生の歩みを
踏みいだせよ、
惑いなき心もて。
さらば新しき歌
湧きて起こらん。

メフィスト　あれはわたしの身内の
子供たちです、
お聞きなさい。なんとおませに
仕事や生の愉しみをあなたにすすめていることか。
血も心も凍りつく
孤独の生活から、
ひろい世界へ
あなたをさそい出そうというのですよ。

煩悶をもてあそぶことはおやめなさい。
それははげ鷹のようにあなたの生命《いのち》をついばむだけです。
どんなくだらぬ連中とでもつきあってみれば、
人間は人間といっしょであってこそ人間だということがわかりますよ。
だが、こう言ったからとて、あなたに
下司《げす》な仲間をあてがおうというんじゃない。
わたしはお偉方といわれるようなものじゃないが、
それでも、もしあなたがわたしと手を握って、

世間を渡ってみようという気におなりなら、
即座にわたしは甘んじて、
あなたのものになりますよ。
つまりあなたの道連れにだ。
そしてわたしのすることがお気に召したら、
召使にでも、奴隷にでもなりますよ。

ファウスト　で、その代償におれのほうはどうすればいいのだ。

メフィスト　そりゃまあ先のことにして。

ファウスト　いや、いや。悪魔は利己主義者だから、
人の得《とく》になることを
ただでなどするものか。
条件をはっきりと言うがいい。
そんな家来は危険を家に持ちこむだけだ。

メフィスト　わたしは、この世ではあなたに奉公して、
休まずに頤《あご》で使われましょう。
ところで、あの世でわたしたちが出逢ったら、
あなたに同じことをしてもらいたいのです。

ファウスト　あの世なんぞ、おれはあまり気にしない。
きみがまずこの世界の破壊に成功したら、
あの世のことを言うもよかろう。
この大地からおれの歓喜は湧き出るのだ、
この太陽がおれの苦悩を照らすのだ。
いったんこの大地と太陽から別れた以上は、
どこに、何が、起ころうとかまわない。
あの世に行っても、愛し、憎むのか、
そこにもこの世と同じように
上があり、下があるのか、
そんなことをおれは尋ねようとは思わない。

メフィスト　そういうお気持なら、思いきってやってみることです。
契約なさい。そうすれば生きていらっしゃるかぎりは、
わたしの術でうんと楽しみをさせてあげる。
人間がまだ見たことのないものをご覧に入れますよ。

ファウスト　悪魔風情《ふぜい》が何を見せるつもりか。
人間の精神が高みを目ざして努力するとき、
それがきみらに理解されたためしがあるか。
それともきみは、いくら食べても腹のふくれぬうまいもの[*2]をもっているのか。
純金でありながら、水銀のように落ち着かず、
いつ指のすきまからこぼれ落ちるか知れないもの、
どっちに賭けても勝てない賭け、
おれの胸に抱かれていながら、もうながし目で
隣の男と約束するようなおぼこ娘、
流星のようにすばやく消える
不滅の名声、そんなものを持っているか。
摘まないうちに腐る木の実、

年じゅう若葉を茂らす木、そういうものをもちあわしているなら見せてもらおう。

メフィスト　そんなご注文には驚きませんよ。
お望みならそういう珍物もととのえます。
だがね、先生、うまいものをゆっくりと
賞翫《しょうがん》したくなる時も、すぐ追っかけてやって来ますぜ。

ファウスト　そう言うか。もしおれが、これでいいという気になって安楽椅子に寝そべったら、
おれは即座にほろびるがいい。
きみがうまい言葉でおれをおだてて
おれをおれ自身に満足させたり、
快楽でおれをたぶらかしおおせたら、
それがおれの最後の日だ。
賭けをしよう。

メフィスト　よろしい。

ファウスト　こうした上は二言[*3]はないぞ。

おれがある瞬間に向かって、
「とまれ。おまえはじつに美しいから」と言ったら、
きみはおれを鎖で縛りあげるがいい、
おれはよろこんで滅びよう。
葬いの鐘が鳴りわたって、
きみは従者の任務から解放される。
時計はとまり、針がおちる。
おれの一切は終わるのだ。

メフィスト　よくお考えになるがいいですよ。聞いたことは忘れませんから。

ファウスト　むろん、きみはそれを心に刻みつけておく権利がある。
おれは大言壮語しているのではない。
静止したときおれは奴隷だ。
きみの奴隷になろうと誰の奴隷になろうと同じことだ。

メフィスト　では早速きょうから、新ドクトルの祝賀会を皮切りに、

従者の役をつとめましょう。
ただ一つお願いしたい。万に一つも間違いのないように、
ひと筆書いていただきたいのですが。

ファウスト　書いたものまで欲しがるのか、こまかいやつだ。
男どうし、男の一言ということを知らないのか。
いったん口にしたことばは、
おれの生涯を束縛する。それだけでは足りないのか。
世界は奔流のように転変して一刻のやすみもないのに、
おれだけを紙きれひとつで縛っておけると思うのか。
だが、こうした考え違いはわれわれの心に深く根をおろしていて、
誰も容易にそれを捨てようとはせぬ。
曇らぬ信義を胸にもちつづけている者はしあわせだ。
どんなに己れを犠牲にしても悔いることはあるまい。
ところが、一枚の羊皮紙に字を書いて印を押すと、
世間は、化けもののようにそれをこわがる。
言葉は、筆にするともう死んでしまう。

とたんにのさばりだすのが用紙や封蠟だ。
だが、おい、悪霊。きみはどんな証文がほしいのだ。
青銅か、大理石か、羊皮紙か、紙か。
鑿《のみ》で彫れというのか、ペンで書くのか、鉄筆か。
なんなりと注文するがいい。

メフィスト　どうしてあなたはそうすぐむきになって
大演説をはじめるんです。
どんな紙きれでも結構です。
ただちょっと血を一滴たらして、そいつで署名してください。

ファウスト　それできみの気がすむなら、
くだらんことだが、そうしよう。

メフィスト　血というものは特別の液ですからね。

ファウスト　おれがこの契約を破りやしないかという心配はまったく無用だ。

おれはせい一ぱいに努力する、
それがおれの約束だ。
おれはいままで思いあがりすぎていた、
じつはきみらと同等以上のものではないのだが。
巨大な霊がおれをはねつけた。
「自然」の戸はぴたりとしまって、おれを拒んでいる。
思索の糸は切れた。
いっさいの知識に吐き気を感じていることも久しい。
だから官能の深みにおれを沈めて、
この燃えさかる情熱をしずめてくれ。
まだかかげられたことのない神秘の帷《とばり》のかげに、
あらゆる奇蹟をすぐ用意してほしい。
さあ、「時」の奔湍《はやせ》、
事件の渦潮《うずしお》のなかに飛びこもう。
そこで苦痛と快楽、
成功と不満とが、
入れかわり立ちかわりおそってくるがいい。

やすむことなく活動してこそ男子なのだ。


メフィスト　あなたには、このくらいになさいという制限はいっさいつけませんよ。

お気に召したら、手あたりしだいに撮《つま》み食いをし、
逃げしなにも何かを引ったくるがいい。

これはと思ったものは、ご遠慮なく召し上がってください。

とにかく勇敢に手を出すことです、ぼんやりしないで。

ファウスト　いや、断わっておくが、おれには快楽が問題ではない。
おれは陶酔に身をゆだねたいのだ。
悩みに充ちた享楽もいい、恋に盲《めし》いた憎悪もいい、吐き気のくるほどの歓楽もいい。
さっぱりと知識欲を投げすててしまったこの胸は、
これからどんな苦痛もこばみはせぬ。
そして全人類が受けるべきものを、
おれは内なる自我によって味わいつくしたい。
おれの精神で、人類の達した最高最深のものをつかみ、
人間の幸福と嘆きのすべてをこの胸に受けとめ、

こうしておれの自我を人類の自我にまで拡大し、
そして人類そのものと運命を共にして、ついにはおれも砕けよう。

メフィスト　まあ、お聞きなさい。わたしは何千年も、
この世界という固い食べものをかじりつづけてきたから知っているが、
ゆりかごから棺桶までの道中に、
この不消化物を消化《こな》せる人間はただの一人もいないんですぜ。
わたしたちの言うことに嘘はない。このご馳走全体は、
神というやつでなくては消化《こな》せないのだ。
そいつは、永遠の明るみのなかにおさまっていて、
わたしら[*4]を暗黒のなかに突き落とした。
そしてあんたたち人間に授けられたのは昼と夜、つまり明るい世界が半分しか与えられて
いないんだ。

ファウスト　だがおれはやりぬくぞ。

メフィスト　結構なことで。
でも一つだけ気になることがある、

つまり、人生はみじかしだ、芸術は長いがね。
だからあなたにいい知恵を授けましょう。
ひとつ詩人というやつと提携することですね。
その先生の空想の羽ばたきで、
ありとあらゆるすぐれた性質を、
あなたのお頭《つむ》の上に積み上げてもらうんです。
獅子の勇気、
鹿の速さ、
イタリア人の熱い血、
北欧人の堅忍不抜というようなやつをね。
その先生にたのんでこんな秘法を授けてもらうんですな、
高潔な心に狡智を兼ねそなえ、
あつい青春の血に燃えながら
打算で恋をするってやつだ。
そういう先生になら、わたしも教えを乞いたい。
小宇宙先生という称号をささげましょう。

ファウスト　だがな、全身全霊をあげて窮めようとしている
人類の最高段階に達することができないとしたら、
いったい、おれは何なのだ。

メフィスト　あなたは、やっぱり――あなたですよ。
何百万本の髪の毛を植えた仮髪《かつら》をかぶっても、
一メートルもある高下駄をはいても、
あなたは、あなたであることに変わりはない。

ファウスト　おれもそう感じている。おれはあくせくと、
人間精神の生んだあらゆる宝を掻きあつめ、
さてとどのつまりこうして腰をおろして考えてみると、
おれの内部になんの新しい力も湧いてこない。
髪の毛一筋ほどもおれの背たけは伸びず、
おれは「無限」に一足も近づいてはいないのだ。

メフィスト　いや、先生。そういう物の見方は

ごくありふれた人間のすることだ。
もっと気のきいた考え方をしなければ、
かんじんの生の喜びを取り逃がしてしまいますぜ。
いいですか。たしかに手足や
頭やし〔り〕は、あなたのものです。
だがね、わたしはなんでもどしどし味わったり楽しんだりするが、
それがわたしのものでないといえますか。
六頭の馬の代をわたしが払ったら、
その馬の力はつまりわたしの力じゃないですか。
そいつらに駆けさせりゃ、こっちはりっぱに
二十四本足のある男だ。
だから、さあ出発だ。考えごとはいっさいやめて、
まっしぐらに世の中へ乗り出しましょう。
わたしの言いたいのはこうだ。思案にふけって日を送っている人間は、
悪霊にとりつかれて、草のないところを
いつまでもぐるぐるまわっている牛や馬も同然です。
そのまわりには、美しいみどりの牧場がひろがっているのに。

ファウスト　じゃ手始めにどうすりゃいいんだ。
メフィスト　すぐに出かけることです。
いったいここはなんという拷問所です。
自分も退屈し、学生たちをも退屈させる。
それで生きているなどといえますか。
そんなことは同僚の太鼓腹教授にまかせるがいい。
なんだって穂のくっついていない麦わらをいつまでも苦労してしごいているんです。
それにあなたに見えてきた最善のことは、
青二才の学生どもには言えないことで。
学生といえば、廊下に一人来ているようだ。
ファウスト　おれはいま学生に逢いたくない。
メフィスト　かわいそうに、だいぶながく待たされましたぜ。
このまま逢わずに帰すというわけにもゆくまい。
よし、あなたの上着と帽子をちょっとお貸しなさい。

この仮装はすばらしくわたしに似合いそうだ。

（メフィストフェレス、着換える）

これでいい、あとはわたしが臨機応変にやるから、まかせておきなさい。
十五分もあればたくさんです。
あなたはその間《ま》にたのしい旅立ちの支度をしていてください。

（ファウスト、去る）

メフィスト　（ファウストの長いガウンをつけて）　理性と知という
人間にさずかった最高の力をいよいよ軽蔑するがいい。
魔法やまぼろしのなかをこの虚言王に引き廻されて、
から元気をつけるがいい。
これであの男は完全におれのものだ。
あの男は運命から、しゃにむに
前へ前へと突進する精神をさずけられた。
あんまりせっかちに走りつづけるから、
地上の快楽を素通りしてしまったのだ。

これからはふしだらな生活や
他愛もない茶番劇のなかにまきこんで、
もちにかかった鳥のようにじたばたすればするほど、くっついて離れられないようにしてやる。
そして、飽きることを知らないその食いしん坊の口先に、
うまい酒や料理をちらつかして、
永遠の飢えと渇きに身もだえさしてやる。
そうすりゃ、きゃつめ、おれに身売りをしていなくとも、
破滅に落ちるほかはないのだ。

ひとりの学生、登場。

学生　わたしはこの土地へやって来たばかりですが、
どこでうかがっても偉大な教授としてご名声の高い先生に
お目にかかってお話がうかがいたいと、
謹んで参上しました。

メフィスト　これはご丁寧な挨拶で恐縮だ。

わしはごらんのとおりのあたりまえの人間だ。
どうだね、少しはあちこちまわってみたかね。

学生　お願いです。ぜひ先生の門下に加えていただきたいのです。
わたしは奮発して故郷を出てまいりました。
学資も相当あり、身体《からだ》も丈夫です。
母はなかなか手放しませんでしたが、
こちらに遊学してしっかりした勉強をしたいと存じまして。

メフィスト　それはきみ、いい土地を選んだものだ。

学生　正直に申しあげますと、なんだかもうよそへ行きたくなりました。
この厚い煉瓦の囲いやこの建物では、
どうにも愉快な気持になれません。
まるで八方ふさがりのありさまで、
青いものを探しても樹《き》一本ありません。
講堂に出てベンチに腰掛けていますと、

眼も耳も頭もぼんやりしてきます。

メフィスト　それはただ習慣の問題だ。
生まれたての赤ん坊に乳房をふくませても、
すぐにはなかなか吸いつかぬものだ、
すこしたてばよろこんで飲む。
それと同じことで、きみも日ましに、
知識の乳房から離れがたい気持になるだろう。

学生　それはわたしも学問のふところに抱かれて、喜びを味わいたいと存じます。
けれど、どうしたらそういうふうになれましょうか、お教えいただきたいので。

メフィスト　そのまえに聞きたいが、
君は何科を選ぶつもりだね。

学生　わたしはなんによらず、偉い学者になりたいのです。
地上のことも天上のことも究めて、

学問と自然界に
通じたいと思っております。
メフィスト　それはりっぱな方針だ。
だが、それには気を散らしてはいかんよ。
学生　それは全心全力をあげてやります。
けれど、せっかくの夏休みなどには、
すこしは自由をたのしんで
気晴らしもできるといいと思いますが。
メフィスト　時間を活用することだな。光陰は矢のごとしだ。
しかし、物事に秩序を立ててやれば、時間がもうかる。
だから、きみに忠告するが、
最初に論理学を聴くことだ。
そうすればきみの精神は見事に訓練されて、
スペインの長靴[*5]をはかされたように、

思索の道を慎重に
一足ずつゆっくりと歩くようになる。
人魂《ひとだま》が空を飛ぶように、
上下左右にふらふらすることがなくなる。
それからきみはしばらくこういうことを教えられる。
これまでは飲み食いのように気楽に
無造作にやってのけていたことを、
一、二、三と順序を立ててやるということだ。
もっとも、思想の工場は、
譬えて言えば機織《はたおり》仕事とおなじことで、
一足踏めば数千本の糸がうごいて、
梭《ひ》が右へ飛び、左へ飛ぶ。
目にもとまらず糸が流れ、
一打ちすれば数千の織目ができる。
ところがそこへ哲学者というやつが顔を出して、
これはしかじかかくかくのものだと、きみに論証する。
第一段がこうである。第二段がこうである。

しかるがゆえに第三段と第四段はこうだ。
もし第一段と第二段がなければ、
およそ第三段と第四段はありえない、とな。
どこの学生もこういう論法をありがたがる。
しかし、機織《はたおり》として腕をあらわしたものは一人としていない。
生命あるものを認識し、記述しようとする者が、
まず生気を度外視してかかる。
そこで部分部分はつかむことができるが、
悲しいかな、全体を結ぶ精神的靭帯《じんたい》がない。
この靭帯を化学では、「自然の機微[*6] Encheiresin naturae」と呼んでいるが、
それによって自分自身の無能をさらけ出していることには、気がついていないのだ。

学生　どうもおっしゃることが、すっかりはわかりかねますが。

メフィスト　おいおいきみにも理解できるようになるだろう。
いっさいの事象を還元して、
適当に分類することを学べばだな。

学生　なんだかあたまのなかで水車がまわっているようで、
ぼうっとしてまいりました。

メフィスト　次には、何を措いても、
形而上学に就かねばならん。
これをやれば、およそ人間の頭脳では達しがたいことを、
その究極の意義においてつかむことができる。
頭にはいることにも、はいらんことにも、
ちゃんとりっぱな術語が出来ていて、用をたしてくれる。
それはともかく、最初半年というものは、
講義を聴く順序をうまく立てなければいかん。
毎日五時間、講義を聴く。
鐘が鳴ったとたんに講堂にはいっている。
あらかじめよく調べておいて、
一節一節を頭に入れておけば、
教授が、本にあることのほかはなんにも言わんということが、

あとでいっそうよくわかる。
しかし筆記は大いに熱心にやらねばならん。
聖霊がきみに口授していると思ってな。

学生　そのことなら、二度とおっしゃるまでもありません。
筆記がどんなにためになるか、よくわかっています。
なんでも白い紙に黒い文字で書きとめたとなると、
安心して家へ持って帰れますからね。

メフィスト　ところで、きみは何科を選ぶね。

学生　どうも法律学はやる気がしません。

メフィスト　きみがそういうのも、無理とは思わん。
この学問の実態はわしも知っているからな。
法律とか制度とかいうものは、
永遠の病気のように遺伝してゆくものだ。

親の代から子の代へずるずるひきつがれ、
土地から土地へ知らんまにはびこってゆく。
そうしているうちに道理が非理になり、いい法律が悪法になる。
後世に生まれたものは災難だ。
われわれの生まれながらの権利などは、
てんから問題になっていないのだ。

学生　そのお話で、いやなのがいっそういやになりました。
先生のご指導をいただけて、じつに幸福です。
では神学でもやってみたらどうでしょう。

メフィスト　わしはきみを迷わせようとして言うのじゃないが、
神学となると、
正道を踏みつづけるということが、すこぶるむずかしい。
このなかには多量の毒がひそんでいて、
それと薬を見わけることは、ほとんど不可能だ。
だからここでもいちばんいいのは、ただ一人の教授の講義を聴いて、その言葉を金科玉条として信奉することだ。
要するに、言葉にたよるにかぎる。
そうすれば安全な門を通って、
堅固な殿堂にはいることができる。

学生　でも、言葉には、内容として何かの概念があるはずだと思いますが。

メフィスト　それはそうだ。だが、あまり神経質になりすぎてもいかん。
というのは、概念のない、ちょうどそこのところへ、
言葉がうまくやってきて、はまりこむのだ。
言葉だけで、りっぱに論争が成りたつ。
言葉だけで、学問の体系が立てられる。
言葉は言葉のままでりっぱに信仰の対象となる。
言葉というものは、一字一音も動かせない確固不動のものなのだ。

学生　どうもうるさくおたずねして、お時間のお妨げをいたしますが、
もうちょっとご容赦を願います。

どうか医学についても、
しっかりしたご一言をお聞かせ願えないでしょうか。
三年はほんの短い期間ですが、
やりたいことには限《き》りがありません。
先生がちょっとでも方向をお示しくださいますと、
手探りしながらも先へ進んでいかれます。

メフィスト　（独語）　もうそろそろしかつめらしい物言いにはあきてきた。
ひとつ悪魔の地金《じがね》を出すか。

（声を高めて）

医学の精神などは造作なくつかめる。
君は大宇宙（自然）と小宇宙（人間）を究めるのだが、
つまるところは万事を
神の思召しどおり、すなわち成行きに任せるのだ。
学問だの、研究だのと、いくら手をひろげても、むだなことさ。

人間誰しも、自分に覚えられることしか覚えない。
だから、機会を逃がさずつかむのが、
ほんとうの男というものだ。
きみは若々しくてなかなかいい身体《からだ》をしている。
度胸もなくはないだろう。
そこできみが自信をもちさえすれば、
世間もきみを信用してくる。
とくに女性のあつかいに腕をみがかなくてはいかん。
女性というものは、ここが痛いの、あすこが苦しいのと、
苦情の絶えるときがない。
それがただのひとところから直せるのだ。
そしてきみがほどほどに実直らしくしていれば、
女性たちはみんなきみの手のうちにまろめられてしまう。
それに女どもを信用させるには、学位をもつにかぎる。
そうすればきみの技術が世間のあらゆる技術にまさって、第一等だと思いこむようにな
る。
さて患者としてやってきたら、人が何年かかってもさわれないあっちこっちを

初対面のしるしにいじってやる。
脈などもうまくとることだ。
そして情熱をこめた何食わん眼つきをして、
その細い腰のあたりを大胆にさぐってみる、
そのへんの紐の締まりぐあいが堅いかゆるいかを見るためにな。

学生　医学のほうがよさそうです。やり方がはっきりしていまして。

メフィスト　いいかい、きみ。すべての理論は灰色で、
みどりに茂るのは生命の黄金の樹だ。

学生　ほんとうのことを申しますと、わたしは夢をみているような気がいたします。
またあらためてうかがいまして、
先生のお考えの根本をおたずねしてもよろしゅうございますか。

メフィスト　わしにわかることなら、なんでもお話ししよう。

学生　このままではお別れしかねます。
おそれいりますが、この記念帖に一筆お願いできませんでしょうか。
きょうご好意をいただきましたしるしに一つ。

メフィスト　おやすいことだ。

（書いてわたす）

学生　（読む）「なんじら神のごとくなりて善悪を知るに至らん」[*7]

（うやうやしく記念帖を閉じて去る）

メフィスト　この古い文句のとおり、おれの姪《めい》の蛇の言ったとおりになるがいい。
やがて、おまえも神に似ていることが苦の種になるだろう。

ファウスト、登場。

ファウスト　さあ、どこへ行くのだ？

メフィスト　お好きなところへ行きましょう。
まず小世界を見、それから大世界[*8]へと乗り出しましょう。

すばらしくおもしろくて有益な勉強が、
あなたは授業料なしで出来るんですぜ。

ファウスト　だが、こんな長いひげを立てている身では、
気がるな生き方はできない。
きみといっしょに出掛けてみても、うまくはいくまい。
おれは世間に調子を合わせることができたためしがない。
人の前に出ると、自分がちっぽけに思われてならない。
どこへ行ってもおれはまごついてばかりいるだろうよ。

メフィスト　そんなことは、どうにでもなりますよ。
自信をもつことだ。そうすりゃ道は自然にひらけてきます。

ファウスト　さて、どうやってここから出発するんだ。
馬や車や御者はどこにある？

メフィスト　それはこのマントをひろげさえすりゃいい。

それに乗って空中を飛んでゆくのです。
なにしろきわどい方法だから、
あまり大きい荷物はいけませんよ。
わたしがちょっとばかりガスをこしらえて焚《た》くと、
たちまち二人を地上から持ちあげてくれます。
だから軽ければ軽いほど早く昇れる。
では、新生活の門出《かどで》のおよろこびを申しあげます。

＊1　心内の最高最善の意欲。
＊2　この表現や以下に言われているすべては、自己矛盾をはらんでいて、世にありえないものを言おうとしたのである。例えば「浮気なおぼこ娘」というのは、概念の矛盾で、存在不可能である。
＊3　ファウストがメフィストとの契約の握手を行なった以上は。「賭けをしよう」と言って出されたファウストの右手を、メフィストが「よろしい」と言って強く受け、さらにそれをファウストが左手でおさえたのである。
＊4　ルチフェルをはじめとする悪魔の一族。
＊5　中世紀の拷問道具。両脚を堪えがたいまでに締めつける。
＊6　つまり「自然の微妙なはたらき」ということで、人間につかめないことに、そういう名を

2070

つけただけのことであり、化学はそれによって自身の無能力を暴露しているのだというのである。

＊7　『旧約聖書』の「創世紀」三の五。蛇がエヴァを誘惑するときに言うことば。学問の道を進もうとする学生を、メフィストは表面はおだてながら、知識の道の行き着く先の苦しみをほのめかした。

＊8　王侯貴族のつくる宮廷社会が大世界で、平民たちのつくる社会が小世界である。

ライプチヒのアウエルバッハの酒場

にぎやかな連中の酒宴。

フロッシュ　おい、誰も飲まんのか、笑わんのか。
その仏頂面《ぶっちょうづら》にベソをかかしてやるぞ。
いつもはパアッと燃えあがるくせに、
今夜はみんな、湿った藁も同然だな。

ブランダー　それはおまえのせいだ。おまえはまだ何《なん》にもやらんじゃないか。
いつもの馬鹿騒ぎも、下等なまねも。

フロッシュ　（ブランダーの頭に酒をあびせる）　そんなら、ほら、これで両方いっしょだ。

ブランダー　やったな。豚め、犬め。

フロッシュ　おまえがやれと言うからやったまでだ。

ジーベル　喧嘩をしたいやつは、そとでやれ。
胸を張ってルンダをうたわんか。飲め、わめけ。
そうら、ホラー、ホー。

アルトマイヤー　こいつはたまらん。
誰か綿をくれ。こいつのおかげで鼓膜がやぶれる。

ジーベル　天井が反響するぐらいでないと、
低音《バス》の偉力がわかるものか。

フロッシュ　賛成、賛成。文句をいうやつはつまみ出せ。
ア、タラ、ララ、ダー。

アルトマイヤー
ア、タラ、ララ、ダー。

フロッシュ　ようし、喉の調子が合ったぞ。

（歌う）

われらの神聖ローマ帝国は
いかにしてなお余命を保つぞ。[*1]

ブランダー　いまいましい歌だ。ちぇっ。政治の歌はやめろ。
みんな、毎朝神に感謝するがいい、
神聖ローマ帝国の心配なんかしなくていいことを。
すくなくともおれは、皇帝でも宰相でもないことを、
大した儲けものと思っている。
だがおれたちにも首領はなくちゃならん。
さあ、法王を選ぶとしよう。
どんな資格がかんじんか、
法王推戴の条件は、言わんでもみんな知っているな。

フロッシュ（歌う）

　高く飛び立て、うぐいすさん。
　あの娘《こ》によろしく、千万遍。

ジーベル　あの娘《こ》に「よろしく」なんか、いらんこった。そんな甘ったるい文句は聞きたくない。

フロッシュ　あの娘《こ》によろしく、そしてキッスもとどけてね、だ。きみの世話にはならん。

（歌う）

かけがねはずせ、静かな夜に。
かけがねはずせ、眠らぬぼくに。
かけがね閉ざせ、きぬぎぬに。

ジーベル　ふん、いくらでも歌うがいい。なんとでも褒めろ、あんな女を。
いまにおれが笑ってやるから。
あいつはおれを欺したが、こんどはきさまが欺される番だ。
あいつの恋人には、土の精の一寸法師《コーボルト》あたりが似合いだ。

似合いどうしが、夜の四辻[*2]でいちゃつくがいい。
そこへブロッケン山[*3]から帰りがけの爺山羊《じじいやぎ》が、
ギャロップで駆け抜けながら、メイメイ声で「おたのしみ」と声をかけるだろう。
正真正銘の血と肉をもった男なら、
あんな女に我慢ができるものか。
あいつに「よろしく」なんか、くそくらえだ。
窓に石でもぶっつけてやりたい。

ブランダー　（卓をたたきながら）　諸君。静粛に、静粛に。我輩の言うことをよく聞きたまえ。

我輩がエチケットを心得た人間であることは、諸君の知っているとおりだ。

ここに女に迷った紳士たちがいる。

この紳士たちの今夜の安眠を祈って、
われわれ知識階級にふさわしい贈り物を我輩は贈呈したいと思う。

さあ、いいか。最新型の傑作だ。

リフレーンの合唱をしっかりたのむぞ。

（歌う）
穴蔵にねずみが一匹巣をくった。
脂肪《あぶら》にバターのご馳走ずくめ。
そこでお腹《なか》がせり出した、
ルター博士をみるように。
そいつにおさんが毒盛った。
ねずみは世間が狭《せも》なった。
恋の悩みがあるように。

合唱　（大声で）
恋の悩みがあるように。

ブランダー
蔵のうちそと駆けまわり、
どぶ水、捨て水、ガブガブ飲んだ。
家じゅう、かじった、引っ搔いた。

そんなに荒れてもダメだった。
苦しまぎれに飛びあがる。
とうとうほどなく荒れやんだ。
恋の悩みがあるように。

合唱

恋の悩みがあるように。

ブランダー

身のおきどころなく、ひる日中、
台所までやってくる。
かまどにあたって、そのまま倒れ、
チュウと一声、虫の息。
おさんはそれ見て笑いだす。
「お聞きよ、笛の吹きおさめ、
恋の悩みがあるように。」

合唱
　恋の悩みがあるように。

ジーベル　凡俗どもの面白がりようはどうだ。
かわいそうに、ねずみに毒を盛るなんて、
おれには頼まれたってできない芸当だ。

ブランダー　きみはひどくねずみにご贔屓だね。

アルトマイヤー　頭の禿げた脂肪《あぶら》ぶとりのお方！
失恋でもののあわれを感じて、お情け深くおなりあそばしたんだ。
水ぶくれのねずみに、
わが身を偲《しの》んだというわけさ。

　ファウストとメフィストフェレス、登場。

メフィスト　まず何より先にあなたを
陽気な会合にお連れしましょう。

これを見れば、人間がどんなに気軽に暮らせるものか、よくわかりますよ。
ここの連中には毎日が祭日です。
知恵は足りんが、大満足で、
自分の尻尾《しっぽ》を追いかける小猫のように、
てんでにくるくる廻りの踊りをおどっている。
つけがきいて飲んでいられるうちは、
二日酔いの頭痛でもしないかぎり、
天下泰平という連中です。

ブランダー　あの二人は旅の者だな。
妙な恰好をしているから、一目でわかる。
着いてからまだ一時間とたつまい。

フロッシュ　なるほど、そうらしい。わがライプチヒを我輩は讃美する。
小パリといわれるだけあって、われわれが垢抜けしていることはどうだ。

ジーベル　いったいあいつらをなんだと思う？

フロッシュ　おれにまかせとけ。一杯飲ませて、
子どもの歯でも抜くように、
やすやすとあいつらの鼻の穴から正体を引き出してみせる。
どうも家柄はいいらしい。
気位の高い、不服そうな顔つきをしている。

ブランダー　賭をしよう。あいつらは香具師《やし》にちがいない。

アルトマイヤー　そうかもしれん。

フロッシュ　みんな見ていろ。おれがとっちめてやる。

メフィスト　（ファウストに）　こちとらを悪魔と嗅ぎつけるような鼻のきく連中ではありません、
たとえ襟髪をつかんでやってもね。

ファウスト　みなさん、今晩は。

ジーベル　やあ、今晩は。
（メフィストフェレスを横から見て、小声で）
おや、こいつ、びっこ[*4]じゃないか。

メフィスト　どうです、お仲間入りをさせてもらえますか。
ここにはうまい酒もなさそうなので、
おもしろい話でもうかがいたいと思いましてね。

アルトマイヤー　だいぶ口が奢っておられるようですな。

フロッシュ　君たちはリッパハ村[*5]をおそく発ってきたんだろう、
あすこのハンス君と夕飯を食ってから。

メフィスト　今日はあの人のところには寄らずに来ましたよ。
この前には逢いましたが。
いろいろご親戚たちの話が出ましたね。

どなたにもよろしくということで。

（そう言いながら、フロッシュにお辞儀する）

アルトマイヤー　（小声で）一本参ったな。なかなかやるわい。

ジーベル　食えないやつだ。

フロッシュ　まあ、待ってろ。いまにやっつけてやるから。

メフィスト　さっきは、なかなか練習のつんだ声で、合唱をしておられたようですね。

なるほど、ここなら、もってこいだ。

あの円天井《まる》からの反響がいいでしょうな。

フロッシュ　あんたはその方面の人かな。

メフィスト　どういたしまして。まあ、下手の横好きというところです。

アルトマイヤー　じゃ、ひとつ聞かしてもらおう。

メフィスト　お望みなら、いくらでもやりましょう。

ジーベル　だが、とびきり斬新でなくちゃご免だよ。

メフィスト　わたしたちはスペインから帰ってきたところです。
酒と歌の本場だ。美しい国ですぜ。

（歌う）

むかしむかし、ある王が
大きな蚤《のみ》を飼っていた。

フロッシュ　聞いたか。蚤だとよ。みんな、わかったろうな。
蚤とは、清潔なお客さまだ。

メフィスト　（歌う）
むかしむかし、ある王が

大きな蚤を飼っていた。
一粒種《だね》の子のように
ひとかたならぬご寵愛。
御用の仕立師呼びにやる。
仕立師すぐにまかり出る。
「それ、若さまの召し料だ、
上着とズボンの寸をとれ。」

ブランダー　仕立屋に念を押すことを忘れるなよ。
おれは寸法の狂いは許さんぞ、
自分の首が大事なら、
ズボンに皺ひとつ寄せるなってな。

メフィスト
ビロード仕立、絹仕立、
しゃれた貴公子出来あがる。
上着についた紐飾り、

十字架なども下げてある。
そこで昇進、大臣に
なって賜わる大勲章、
兄弟までが宮中で
りっぱな役にありついた。

文官武官、淑女たち、
これには、ほとほと手を焼いた。
お妃さまや女官まで、
チクチク刺される、かじられる。
それでも、つぶしちゃ相成らぬ。
搔いても除けても相成らぬ。
おれたちならば蚤どもが、
チョピリと刺してもすぐ潰す。[*6]

合唱（歓声をあげる）
おれたちならば蚤どもが、

チョピリと刺してもすぐ潰す。

フロッシュ　ブラボー、ブラボー。こいつはいい。

ジーベル　ドイツじゅうの蚤にそうやってやるんだ。

ブランダー　狙いをつけて、プッッとやれ！

アルトマイヤー　自由万歳！　愛酒家万歳！

メフィスト　わたしも自由を讃えて、ごいっしょに乾杯したい気持です。
それにしても、もうすこし酒がよければいいんだが。

ジーベル　また、そんな言い草は聞きたくないね。

メフィスト　ここの亭主が苦情を言わなきゃ、
うちの貯蔵のやつをひとつ、

みなさんに献じたいんですが。

ジーベル　それなら遠慮なしに出したまえ。苦情はぼくが引き受ける。

フロッシュ　いい酒を飲ましてくれるならありがたい。
だが、あんまりちょっぴりじゃご免だよ。
ぼくに利酒《ききざけ》をさせようっていうんなら、
口にたっぷり入れてもらわなくちゃならん。

アルトマイヤー　（小声で）　どうもやつらはラインの人間らしいな。

メフィスト　ちょっと錐《きり》をお借りしたい。

ブランダー　　　　　錐を借りてどうするんだ。
まさかそとに樽が来ているわけじゃあるまい。

アルトマイヤー　あすこに亭主の道具箱があるぜ。

メフィスト　（錐を手にとり、フロッシュにむかって）　さあ、あなたのお望みの酒をうかがいましょう。

フロッシュ　なんだって。そんなにいろいろ持っているんか。

メフィスト　どなたもお望みしだいです。

アルトマイヤー　（フロッシュに）　そうれ。もう口なめずりをはじめたぞ。

フロッシュ　よし。望みをいえというなら、ぼくはライン葡萄酒にしよう。祖国の生むものが、つねに最善だ。

メフィスト　（フロッシュの前のテーブルの端に錐で穴をあけながら）　すこし蠟をもってきてください。すぐに栓をしなくちゃあ。

アルトマイヤー　なんだ、手品か。

メフィスト　（ブランダーに）　あなたの注文は？

ブランダー　じゃ、ぼくはシャンパンにしよう。

だが泡のシュッと立つやつをな。

（メフィストフェレス、錐をもむ。そのあいだに一人が蠟の栓をつくる。穴があくと、それでふさぐ）

ブランダー　外国産をいっさい排斥するわけにもいかん。

優秀なものはしばしば遠方にある。

生粋《きっすい》のドイツ人はフランス人と性《しょう》が合わんが、
フランスの葡萄酒ならよろこんで飲むね。

ジーベル　（近づいてきたメフィストフェレスに）　ぼくは、じつを言うと、酸っぱいやつは嫌いだ。

甘口のいいのを、一杯やりたい。

メフィスト　（錐をもむ）　じゃ、あなたには早速トカイ酒をさしあげましょう。

アルトマイヤー　ぼくはよしとく。かくさずに言いたまえ。
君たちはわれわれをからかう気だな。
メフィスト　とんでもない。こんな立派なお客さん方を
からかうなんてことが、できるものですか。
さあ、さあ。ご遠慮なくおっしゃってください。
どういうのにしましょう？
アルトマイヤー　なんでもいい。しつっこく訊くのは、よしてくれ。
（穴が全部あけられ、栓でふさがれる）
メフィスト（奇妙な身振りをしながら）
葡萄は葡萄の木になる。
角《つの》は山羊の額に生える。
葡萄酒は水、葡萄は木。
木のテーブルからも酒は湧く。

自然の奥の奥を見ぬけ！
これが奇蹟だ。信ぜよ、信ぜよ。
さあ、栓を抜いて、召しあがれ。

一同 （栓を抜く。酒が湧いて、めいめいのグラスにそれぞれ望みの品種がはいる）やあ、酒が湧く。こいつはいい。すてきな泉だ。

メフィスト ただ、ちょっとでもこぼさないように気をつけてくださいよ。

（皆々、何杯も何杯も飲む）

一同 （歌う）
愉快だ、愉快だ。めっぽう愉快だ。
五百の豚の寄り合いだ。

メフィスト 民衆の自由というものです。ごらんなさい、じつに楽しそうじゃありませんか。

ファウスト　おれはそろそろ引きあげたい。

メフィスト　まあ、そう言わずに見ていてください。これから野獣の本性がすばらしく発揮されますから。

ジーベル　（乱暴な飲み方をしたので、葡萄酒は床にこぼれて、焔となる）　助けてくれ。火事だ。助けてくれ。地獄の火だ。

メフィスト　（焔にむかって、呪文をとなえる）　しずまれ、親しい元素よ。

（一同にむかって）

今回のところは一滴分の浄罪火ですみましたよ。

ジーベル　何たることだ、これは？　待て。痛い目に逢わしてやるぞ。おれたちを見損ったな。

フロッシュ　もういっぺんやってみろ。

アルトマイヤー　おだやかにあいつを追っぱらったほうがいいと思うが。

ジーベル　おい、きみ。つけあがって、
ここでいかさまをやる気か。

メフィスト　だまれ、古樽め！

ジーベル　　　　　　　なにを。箒《ほうき》の柄！
いよいよ無礼な！

ブランダー　待ってろよ。袋叩きだ。

アルトマイヤー　（テーブルから、残った一つの栓を抜くと、火が噴いて、彼の面《おもて》を打つ）　あ
つい、あつい、髪がこげる。

ジーベル　　　　魔法だ。
やっつけろ。こんな浮浪人をどうしようと罪にはならんぞ。

（皆々、ナイフを抜いて、メフィストにつめ寄る）

メフィスト　（重々しい態度で）
仮象の形、虚妄のことばは、
心を転じ、居所《きょしょ》を転ず。
汝ら、ここにありて、かしこにあれ。

（皆々、茫然と立ったまま、顔を見合わせる）

アルトマイヤー　ここはどこだ？　ああ、いい景色だ。

フロッシュ　葡萄畑だ。夢じゃないかしら。

ジーベル　それに葡萄の房に手がとどく。

ブランダー　この緑の葉におおわれて、見たまえ、
みごとな樹だ。みごとな房だ。

（そう言いながら、ジーベルの鼻をつまむ。ほかの者たちも、たがいに鼻をつまみあい、ナ

イフをかざして切ろうとする）

メフィスト　（前と同じ態度で）　迷妄よ、目かくしを去れ。
悪魔のたわむれを心に銘ぜよ。

（ファウストとともに消える。人々たがいに手をはなす）

ジーベル　どうしたのだ？

アルトマイヤー　これはどうだ！

フロッシュ　いまのはおまえの鼻だったのか。

ブランダー　（ジーベルに）　おれはおまえの鼻をつまんでいた。

アルトマイヤー　雷《かみなり》に打たれたかと思った。五体にこたえた。
椅子をもってきてくれ、倒れそうだ。

フロッシュ　いったいこれはどうしたことだ。

ジーベル　あいつはどこへ行った。
こんど見つけたら、生かしてはおかんぞ。

アルトマイヤー　おれはあいつが店の出口から――
酒樽に乗って飛んでゆくのを見た。
ああ、足が鉛のように重い。
（テーブルのほうに向いて）
こいつだ。酒はまだ出るかしら。

ジーベル　みんなまやかしだ。そう見えただけだ。

フロッシュ　だが、たしかに酒を飲んだような気がした。

ブランダー　あの葡萄の房もどうしたわけなんだろう？

アルトマイヤー　どう思う？　きみ。これでも奇蹟がないといえるか。

＊1　この歌の政治的風刺は、ファウストの時代よりも、ゲーテ自身の時代に関連させたほうがおもしろかろう。この歌は、『初稿ファウスト』にも載っている。ドイツが神聖ローマ帝国として統一されているというのは名ばかりで、その実質が空洞化しているのは久しいことである。そして一八〇六年、ナポレオンによって終止符を打たれた。

＊2　四辻は悪霊たちの出会いの場所と言われる。

＊3　ブロッケン山はワルプルギスの夜（二五九〇行注参照）に魔女たちの集まるところ。そこへ好色な牡山羊などが魔女を乗せて運ぶ。

＊4　悪魔は天国から地獄へ落ちたとき、びっこになったと言われる。またその片方の足は馬の足である。

＊5　この酒場のあるライプチヒに近い村で、都人士はそこの住民たちを鈍物だと考えていた。リッパハ村のハンスとは、その住民の象徴的な呼び名。

＊6　この「蚤の歌」は、むろん宮廷の側近政治への風刺である。

魔女の厨《くりや》

せいの低いかまどに火が焚かれ、大きな鍋が掛けてある。鍋から立ちのぼる湯気のなかに、さまざまの怪しい姿が現われるのが見える。尾長猿の牝が、鍋のそばに坐っていて、泡をすくいとりながら、沸きこぼれぬように気をつけている。尾長猿の牡は仔猿たちといっしょに、そのそばにいて、火にあたっている。四壁と天井は、魔女の用いるこの上もなく奇妙な道具類にかざられている。

ファウストとメフィストフェレス。

ファウスト　おれには、気ちがいじみた魔法の世界は性《しょう》に合わぬ。
このけがらわしい掃溜めで、
おれの身心の健康をとりもどせるときみは思うか。
魔法使いの老婆の指図をうけて、
このきたならしい煮え汁で

三十年ばかりも若返らせてもらえというのか。
きみにこれ以上の知恵がないなら、なさけない。
希望はもう薄れた。
これまでに自然なり賢者なりが、
なにか不老の薬を一つぐらい見つけておかなかったものか。

メフィスト　あなたはまた理屈をこねはじめましたね。
もちろん、あなたを若返らせるには、天然自然の法もあります。
しかしそれは別の本に載っていることで、
妙ちきりんなことが書いてありますよ。

ファウスト　おれはそれが知りたい。

メフィスト　よろしい。それは金がなくとも、
医者や魔法の助けがなくとも、誰でもやれる方法です。
さっそく野良《のら》へ出かけなさい。
精を出して鋤鍬を使うことです。
あなたとあなたの心の生きる世界を、

ごく狭い範囲にかぎってしまうのです。
食べものは自然のままで、まじりっ気のないものにし、
家畜といっしょに家畜のように暮らし、自分が刈入れをする畠に、
自分で肥やしをやることを、不名誉とは思わない。
これこそ、八十までも若さを保つ
最善の方法ですよ。

ファウスト　そういう生活にはおれは慣れていない。
鋤を手に取ることは無理だ。
狭い世界にこもることも、おれには我慢ができぬ。

メフィスト　それじゃやっぱり魔女に世話を頼むほかはありませんな。

ファウスト　だが、どうしてそれがここの老婆でなくちゃいかんのだ。
その飲みぐすりをきみは自分でつくることはできないのか。

メフィスト　そいつが大した気晴らし仕事でしてね。

2360

そんな暇があれば、わたしは魔法の橋を千も掛けますよ。
その薬をつくるには、技術と知識ばかりでなく、
忍耐というものがなくちゃならない。
気の長いやつが、何年も何年も時間をおしまずかける、
「時」の力がはたらいて、初めて霊妙な発酵物が出来るんです。
それに、これをつくるに入用なのが、
まるで不思議なものばかりでしてね。
製法を教えたのは、むろん悪魔だが、
しかし悪魔は自分でこしらえるわけにはいかないんですよ。

（尾長猿たちを見て）

ごらんなさい。かわいいやつらでしょう。
こっちが女中で、そっちが下男です。

（尾長猿たちにむかって）

おかみさんは不在《るす》と見えるね。

尾長猿たち
　お呼ばれに行ったの。
　煙出しから
　家を出て。

メフィスト　おかみさんは、いつもどのくらいのあいだ、外で浮かれて、うちへ帰るんだい？

尾長猿たち　わたしたちが手をあぶっているあいだなの。

メフィスト　（ファウストに）どうです、このかわいらしい生きものたちは？

ファウスト　おれの知っているかぎり、およそくだらぬしろものだ。

メフィスト　いやいや、そう言ったものでもないでしょう。いましたような問答が、わたしのいちばん好きなやりとりでしてね。

（尾長猿たちに）

おいおい、因果な人形さん。
おまえさんたちが掻きまぜているそのどろどろしたものは何だい。

尾長猿たち　乞食たちにほどこす薄いお粥を煮ているの。

メフィスト　なるほど、それじゃお客さんは大勢だと見えるな。

牡の尾長猿　（そばに寄ってきて、メフィストフェレスに甘える）
どうかいますぐ賽《さい》ころ遊びをして、
わたしに勝たして、
わたしを金持にしてくださいな。
このごろはさっぱり景気の芽が出ませんの。
わたしだってお金さえありゃ、
利口そうな顔をしていられますもの。

メフィスト　なるほどね。猿も富くじに張り込めたら、
たいへんな生きがいを感ずるにちがいない。

（そのあいだに仔猿たちは大きな球をころがして遊んでいたが、やがてその球が舞台の前面へころがってくる）

牡の尾長猿

これが世界だ。
上がったり降《お》りたり
いつもころころ転げている。
それはガラスのような音がする。――
いつ壊れるかわからない。
なかは空っぽだ。
ここはきれいに光ってる。
こっちはもっときれいに光ってて、
「おれは元気だ」といばってる。
わしのかわいい息子たち、

あんまりそばに寄っちゃいけない。
うっかりすると命にかかわる。
球は素焼だ。
こわれたらかけらがあぶないよ。

メフィスト　あの篩《ふるい》はなんにするんだ。

牡の尾長猿　（それを下ろしてくる）
もしあなたが泥棒なら、
これですぐ見分けます。
（尾長猿の牡、牝のほうに小走りに寄って、牝に篩を覗かせる）
さあ、この篩を透かしてごらん。
泥棒だとわかるだろう。[*1]
だが口に出しちゃいけないよ。

メフィスト　（火のそばに寄って）　それでこの鍋は？

尾長猿の牡牝
阿呆なひとだ。
鍋もご存じない、
釜もご存じない。

メフィスト　失敬なけものめ。

牡の尾長猿
このはたきを手にもって
椅子におつきになってください。

（メフィストフェレスを無理に坐らせる）

ファウスト　（さきほどから鏡の前に立っていて、近づいたり、遠ざかったりして見ていたが）
これはどうしたことだ？　なんという美しい姿が
この魔法の鏡に映って見えることだろう。
愛の神々よ、おまえのいちばん速い翼を貸して、おれを彼女のいる広野へ連れていってくれ。
ああ、おれがこうして離れて立っていないで、
思いきって鏡に近づいてゆくと、
その姿はまるで霧に包まれたようにぼんやりしてしまう。
女性というもののもっとも美しい姿がこれだ。
そうか、女性とはこんなにも美しいものだったか？
ここにゆったりと身をよこたえた肉体には、
天の魅力という魅力があつまっているのではあるまいか。
これほど美しいものがこの地上にあろうとは。

メフィスト　おっしゃるとおりですよ。神ともいわれるものが世界づくりに六日間苦労し
　たあげく、
最後に自分で自分の作品に「ブラボー」と言ったとあるからには、
すこしは気のきいたものも出来ていていいはずでしょう。
さしあたりは、堪能するまで眺めていらっしゃい。
そのうちに、こんなかわいいのをあなたのために見つけてあげますから。
ほんとうに、こんなむすめを花嫁にして家へ連れて帰れるお仁《ひと》は、

2440

果報者ですね。

（ファウストはなおも鏡に見入っている。メフィストフェレスは安楽椅子に身体をもたせかけ、はたきをもてあそびながら、しゃべりつづける）

こう納まったところは、玉座についた王さまだな。
笏《しゃく》はこのとおり持っている、頭に王冠がないだけだ。

尾長猿たち　（それまでさまざまな奇妙な動作をしあっていたが、鋭い叫び声をあげて、メフィストフェレスのところに一つのこわれた冠をもってくる）

お願いですから
汗と血で、
この冠を接ぎあわせて[*2]くださいね。

（メフィストフェレスは冠を接ぎあわして返す。しかし猿たちはそれを手荒に取りあつかい、また二つに割る。そのかけらを持って跳びまわる）

そうら、割れちゃった。
わたしたちはしゃべる、見る、
聞く、韻と韻を接ぎあわせる。[*3]

ファウスト （鏡にむかって） ああ、せつない。気がくるいそうだ。

メフィスト （尾長猿たちを指さして） これじゃ、おれさえ頭がぐらぐらしてきた。

尾長猿たち
そしてまぐれあたりに
ぐあいよく行くと、
思想があると言われるのさ。[*4]

ファウスト （鏡にむかったまま） ああ、胸が燃えてきた。
早くここを発《た》とう。

メフィスト （まえと同じ姿勢で） とにかくこいつら詩人猿が

正直者だということは認めてやらなくちゃなるまいて。[*5]

このあいだ、牝の尾長猿が注意を怠っていたので、鍋のものが煮えこぼれはじめる。大きな焰が燃え立って、煙出しへ抜ける。魔女がおそろしい叫び声をあげて、煙突から、焰をくぐって下りてくる。

魔女　アウ。アウ。アウ。アウ。
呪われたけだものめ。罰《ばち》あたりの豚め。
鍋はほったらかす、おかみさんにゃ火傷《やけど》をさせる。
罰あたりのけだものめ。

（ファウストとメフィストフェレスに気がついて）

これは、いったいどうしたことだ。
おまえたちは何者だ。
ここへ来たのは何用だ。
どうして留守にしのびこんだ。
骨の髄まで

この火で焼けろ。

（泡をすくう杓子を鍋に突っこみ、焔をファウスト、メフィストフェレス、猿たちにあびせかける。猿たち、ひいひい声をあげて泣く）

メフィスト　（手にしていたはたきをさかさまに持ちかえて、ガラス器や鍋類をめちゃくちゃに叩く）

ええ、真二つだ。割れろ、割れろ。
ほら、粥がながれる。
コップが割れる。
これでもほんの冗談ごとだぞ、
腐れ女め、ほら、泣け、歌え。
これがその歌の指揮棒だ。

（魔女が怒りと驚きにみちて後じさりすると）

おれを見忘れたか。野ざらしめ、鳥おどしめ。
おまえのご主人、お師匠を見忘れたか。

手加減はしないぞ、叩きのめしてやる。
おまえもおまえの化け猫どもも容赦はせん。
この赤いチョッキを見ても恐れ入らないのか。
帽子につけたこの鳥の羽根が見えんのか。
おれが顔でも隠したか。
おれの名乗りを聞かなきゃわからんのか。

魔女　あっ、旦那ですか。これはとんでもない失礼をいたしました。
蹄《ひづめ》をかくしていらっしゃるものだから。
それに二羽の鴉はどうなさいました。

メフィスト　今度のところは、まあかんべんしておこう。
顔を合わせないのも、
だいぶ久しいことだからな。
それに文化というやつが世界じゅうを舐《な》めまわして、
それが悪魔のわれわれにもおよんできてな。
北国式おばけ仕立てはもう時代遅れで、いまじゃもう見たくとも見られない。

それ、わしにしても角《つの》や尻尾や爪がどこにある？
ところで足だが、こいつがなくちゃ歩けないが、
そのまま人前に出しちゃ、具合がわるい。
そこでだいぶ前から、おれは若いやつらのするように、
細工もののふくらはぎをくっつけているのさ。

魔女 （踊りながら）　それとわかって飛び立つ思い。
サタンの旦那のお出ましだ。

メフィスト　こら。そんな名を口に出すやつがあるか。

魔女　おや、なぜでございます。この名がどうかいたしましたか。

メフィスト　そんな名は、もうとっくからお伽噺《とぎばなし》にしか残っちゃいないのだ。
だがな、人間たちはそのくせ、ちっともよくなってはいない。
一人の悪魔と手は切ったが、悪党は大勢残っているからな。
とにかくこれからはおれを男爵さまと呼ぶことにしろ。

おれは貴族だ。どこの貴族にだってひけはとらぬ。
まさかおれの血筋があやしいとは言うまいな。
それ、これがおれの紋所だ。

（わいせつな身振をする）

魔女（とめどなく笑う）へ、へ、へ、へ。おはこが出た。
相変わらずよくない旦那だ。

メフィスト（ファウストに）どうです。覚えておいてください。
これが魔女たちのあしらい方です。

魔女　ところで、旦那がたのご用件は？

メフィスト　例の評判の薬を一杯もらいたいのだ。
だがな、いちばん古いやつが欲しいのだ。
年数がたつほど、ききめが強いからな。

魔女　お安いご用で。ここに一瓶、
わたしもちょいちょい舐《な》めるのがございます。
もうちっとも臭いことはございません。
さっそく一杯、さしあげましょう。

（声をひそめて）

でも、あの方が手順を踏まずに召し上がると、
旦那もご承知のように、一時間と命がもちませんよ。

メフィスト　いや。おれの大事な友だちだ。よく利かなきゃ、なんにもならん。
おまえのところの最上等のを上げたいんだ。
例の圏《わ》を描《か》いて、まじないを唱えてな、
そしてたっぷり注《つ》いでさしあげるのだ。

（魔女は奇妙なしぐさをしながら圏を描き、そのなかへ不思議な品々を置きならべる。そのあいだに、ガラス器、鍋などが鳴りはじめて、音楽を奏でる。魔女は最後に大冊の書物を運んで来、尾長猿たちを圏のなかに入れ、一匹を机がわりにし、一匹に松明《たいまつ》をもたせる。さて

ファウストに目くばせして、自分のそばに来させようとする)

ファウスト　（メフィストフェレスに）ご免をこうむろう。こんな騒ぎが何になるんだ。
この馬鹿げた真似、気違いじみた仕草、
愚劣きわまるまやかしの正体は、
とうからおれにはわかっている。けがらわしい。

メフィスト　なにを気にするんです。ただのお笑い草ですよ。
そうむきにならんでもいいじゃありませんか。
あいつも医者の端くれだから、
薬が利くように、ちょっと手品が要《い》るんですよ。

（強いてファウストを圏のなかにはいらせる）

魔女　（大げさな口調で、書物のなかの一節を朗読しはじめる）
　汝、会得せよ。
一を十となせ、
二を去るにまかせよ、

三をただちにつくれ、
しからば汝は富まん。
四は棄てよ、
五と六より
七と八を生め。
かく魔女は説く。
かくて成就せん。
すなわち九は一にして、
十は無なり。
これを魔女の九九という。

ファウスト　どうも婆さん、熱に浮かされているらしいな。

メフィスト　なかなかこんなものじゃありません。まだほんの序の口です。
わたしはよく知っているが、あの本は全部がこんな調子です。
わたしもあれにはだいぶ暇をつぶしました。
つまり、まるでつじつまが合わないことは、智者にも愚者にも神秘らしく聞こえますからね。
この手は昔も今もおんなじことですよ。
三が一だの、一が三だのといって、
真理のかわりに妄念をひろめるってことは、[*6]
どんな時代にもあったことだ。いまもそんな調子で、
大きな顔をして、しゃべったり教えたりしている連中がいる。
誰がそんな阿呆どもにかまうもんですか。
だが人間というものはたいてい、言葉を聞いただけで、
何かそれにありがたい内容があると思いたがるものですからね。

魔女　（つづける）
それ、高き力は、
学術にも、
全世界にも隠されたり。
ただ思量せざる者には、
授けらるべし。
労することなくそれを得ん。

ファウスト　なんというたわけたことを言っているのだ。
頭が割れそうになる。
馬鹿者が百万人あつまって
わめいているのを聞いているような気がする。

メフィスト　もういい、もういい。えらい巫女《みこ》さん。
早く薬をもってきて、この杯に
なみなみと注《つ》いでくれ。
この方はあれを飲んでも障《さわ》る気づかいはない。
たくさん学位をもったえらい学者で、
これまでにもいろんなものを飲んで研究を積んできた方だから。

（魔女、さまざまに儀式めいた振舞をして薬を杯につぐ。それをファウストの口に近づけると、かるい焔が燃え立つ）

メフィスト　かまわずにぐいっとお飲みなさい、一息に。

すぐに心がおどりだしますよ。
悪魔と「きみ、ぼく」のつきあいをしているあなたが、
それくらいの火にしりごみするんですか。
（魔女、圏《わ》を解く。ファウスト、その外に出る）

メフィスト　さあ、すぐ出発だ。ここで一息入れちゃいけない。

魔女　お薬がよく利くようお祈り申します。

メフィスト　（魔女に）このご褒美には、何かおれに注文があったら、
ワルプルギスの晩[*7]に遠慮なく言っていいよ。

魔女　それからこの歌をさしあげます。ときどきお歌いになると、
ずいぶん利き目がございますよ。

メフィスト　（ファウストに）さあさあ、早く。わたしに随《つ》いていらっしゃい。
薬の効能が内にも外にもしみわたるように、

ぜひともあなたは一汗かかねばなりません。
高尚な怠惰の味などというのは、そのあとでわからせてあげます。
もうすぐあなたも、からだのなかに愛の神がうごき出して、
あっちこっち跳ねまわるのが、愉快でたまらなくなりますよ。

ファウスト　まあ、待ってくれ。もう一度ほんの一目あの鏡をのぞかしてくれ。
あの女性の姿があんまり美しかったから。

メフィスト　およしなさい、およしなさい。いまに女という女の最上品を、
生き身で近々と拝ましてあげますから。
（声をひくめて）
あの薬がはいったからには、
もうどんな女もヘレナそっくりに見えるのさ。

＊1　メフィストがファウストの魂を奪おうとする泥棒であることを当てつける。
＊2　人民の汗と血で王位が保たれることへの風刺。

＊3　へぼ詩人への風刺。
＊4　これも、へぼ文学やへぼ批評への風刺。
＊5　物事をあけすけに正直に言う点が、へぼ詩人よりはましだ。やはり虚飾の多いへぼ詩人への風刺。
＊6　何よりも古来の三位一体の教義が思い出された。
＊7　五月一日の前夜。魔女たちがブロッケン山に集まって乱痴気騒ぎをすると言われる。ワルプルギスは疫病に対しての守護聖女で、五月一日がその祭日である。

街

ファウスト。マルガレーテ、通りかかる。

ファウスト　美しいお嬢さん、失礼ですが、
わたしの腕をお貸しして、お家へお送りいたしましょう。
マルガレーテ　わたくしはお嬢さんではございません。美しくもございません。
送っていただかなくとも、帰れます。

（振りきって去る）

ファウスト　ああ、ほんとうに美しい娘《こ》だ、
こんなむすめをまだ見たことがない。
つつしみぶかく、しとやかで、

そのくせどこかつんとしている。
あの唇のかわいさ、頬のかがやきを
おれは一生涯忘れることはできまい。
あの伏し目になった様子が
おれの心に焼きついてしまった。
それに、ああきっぱりと撥《は》ねつけたところが、
いよいよもってなつかしい。

　　メフィストフェレス、登場。

ファウスト　さあ。あのむすめを手に入れてくれ。
メフィスト　はて。どのむすめです？
ファウスト　　　いまここを通っていったあの娘《こ》だ。
メフィスト　あれですか。あれはいま教会からの帰りがけですよ。
なんにも罪やとがはないと、坊さんから言いわたされてね。
わたしはその懺悔席のすぐそばをそっと通ってみたんだ。

懺悔するようなことはなんにもしてないのに、懺悔に行った。
まるで無邪気なむすめですね。
ああいうのはわたしの力におよびませんね。

ファウスト　でももう満《まる》十四は越しているだろう。[*1]

メフィスト　まるでもうあっぱれ女たらしの口のききようだ。
きれいな花はどれもこれも自分の手で摘んでみたい。
そしてどんな身持ちのいい意地っぱりの女でも、
ものにできないはずはないと自惚れている。
だがなかなかそうはいきませんぜ。

ファウスト　おい、道学者先生。
おれを世間の掟で縛ることはやめてくれ。
おれはきっぱりと言っておく。
あのうまそうな肌をしたかわいいやつが、
今夜おれの腕に抱かれてスヤスヤ眠っていなかったら、

明日を待たずにきみとはお別れだ。

メフィスト　でも、ものには、できることとできないことがありますからね。
きっかけをつかむだけでも、
ざっと二週間はかかりますよ。

ファウスト　おれなら、七時間も暇がありゃ、
あんなむすめをだますのに
悪魔の手は借りまいよ。

メフィスト　まるでもうフランス人のような言い草だ。
だが、気を悪くしないでくださいよ、
そう手っ取り早く召し上がって、なんになります？
まず、捏《こ》ねあげたり、捏ねまわしたり、
いろんな前《まえ》狂言よろしくあって、
ほどのいいお人形にこしらえておく、
そのほうが食べる楽しみはよっぽど大きいですよ。

イタリアなどの小説によくそういうのがあるでしょう。

ファウスト　そんな手間をかけなくとも、おれの食欲は旺盛だ。

メフィスト　洒落や冗談はよしにして、
わたしははっきり申しあげておきますがね、
あのかわいい娘《こ》を手に入れるのは、そう早くはいきませんよ。
突撃で落とせる城じゃない。
まずゆっくりと謀《はかりごと》をめぐらす必要がある。

ファウスト　それなら、あの天使の身についているものを何か手に入れてくれ。
あの娘《こ》のくつろいでいる場所へおれを連れてってくれ。
あの娘の胸に触れた布片《きれ》一枚でも、
靴下留めの一方でも、この思いをしずめるために、とってきてくれ。

メフィスト　わたしはあなたの胸の苦しさをどうにかしてあげたい、
お役に立ちたい、と思っている。だからその証拠に、

一時《いっとき》もぐずぐずしないで、今日のうちに
あなたをあの娘《こ》の部屋へ案内しようじゃありませんか。
ファウスト　そして逢えるな？　手にはいるな？
メフィスト　　　　いいえ。
当人は隣のおかみさんの所に行っているでしょう。
その留守に、あなたは誰にもじゃまされずに、
未来のうれしいことの数々を心に描きながら、
部屋にこもっているあの娘《こ》の香《かお》りを思うぞんぶん吸い込むのがいいでしょう。
ファウスト　もう出かけていいか。
メフィスト　　まだ早すぎます。
ファウスト　そんならあの娘《こ》にやる何かいい贈り物を用意しておいてくれ。（去る）
メフィスト　さっそくの贈り物か。こいつは感心だ。その心掛けなら成功疑いなしだろう。
おれにはあちこちいい場所の心あたりがある。

そこには昔からいろんな宝物が埋まっているのだ。

どれ、ちょっと検分しなきゃなるまい。(去る)

＊1　十四歳未満では一人前の女性とみなされず、それとの交渉、結婚は法的に禁じられていた。

夕

さっぱりとした、小さな部屋。


マルガレーテ　（髪を編み、それを結《ゆ》いあげながら）　きょうのあの方はどなたかしら、
誰かそれを教えてくれるなら、わたし何かあげてもいい。

ほんとうに男らしい方。

きっといいお生まれの方にちがいない。

お顔立ちを見たら、すぐそれがわかった。

そうでなければ、あんなに無遠慮にお話しかけなどなさらないわ。（去る）

メフィストフェレス、ファウスト。

メフィスト　さあ、はいるんです。そっと、そっと。さあ。

ファウスト　（しばらく無言でいたのちに）　お願いだ、おれをひとりにしておいてくれ。
メフィスト　（あたりを嗅ぎまわす様子）　こんなにきれいにしておく娘は、そうざらには
ありませんよ。（去る）
ファウスト　（まわりをつくづく見て）　この神聖な場所にたちこめている
やさしいたそがれの光よ。よくおれを迎えてくれた。
やつれながら、希望の露を吸ってわずかに生命《いのち》をつないでいる
恋のなやみよ。おれの心臓をやさしく抱きしめてくれ。
平和な静かさと秩序と充ち足りたこころとが、
部屋いっぱいをみたしている。
この乏しいなかになんという豊かさ、
この狭さのなかになんという祝福があることだろう。
（ベッドのそばの革の肘掛椅子に腰をおろす）
おれにも腰をかけさせてくれ。なつかしい椅子よ。おまえは、昔からここにあって、あの
娘《こ》の先祖たちを、

喜びにつけ、悲しみにつけ、腕をひろげて迎え入れたのだ。
代々の家長の座のこの椅子を、幾度、
かわいい子どもたちが群がって囲んだことだろう。
たぶんあの娘《こ》も、幼いころ、まるいふくよかな頰をして、
クリスマスの贈り物の礼をいいながら、
つつましくお祖父《じい》さんの老いの手に接吻したことだろう。
おお、少女よ、おまえの豊かさと秩序の精神が、
いま、やさしくおれに吹きそよいでくるようだ。
その精神が、毎日母親のようにおまえをみちびき、
テーブルの上にこの純白の布《きれ》をひろげさせ、
足もとに白砂をこのように美しい波形に撒かせるのだろう。
おお、愛らしいその手。神々の手のような！
このささやかな家もおまえが住んでいることで天国となるのだ。
そして、ここはどうだ。

（と、寝台のカーテンの一つをかかげる）

なんという歓喜のおののきが襲うのだ。

ここにおれは、何時間も何時間もこうしていたい。
自然よ。おまえはここで軽やかな夢につつんで、
生まれながらのひとりの天使を育てあげたのだ。
ここにあの少女は、ふくよかな胸に
あたたかい生命をみなぎらして横たわっていたのだ。
ここで、清浄無垢な自然の営みによって
あの神々《こうごう》しい姿がつむぎ出されたのだ。

ところでおまえは？　どういうつもりでおまえはここへ忍んで来たのだ。
おれはいま心の底から感動している。
おまえはここで何をしようというのだ。なぜこう心が重くなる？
あわれなファウストよ。おれにはもうおれというものがわからない。

ここではお伽《とぎ》の国の靄《もや》がおれをつつんでいるのだろうか。
さっきは向う見ずな欲望のとりこになってここへやって来た。
いまそのおれが、無垢な愛の思いに溶けて流れそうな気がする。
おれたちの心は気圧の変化のままに変わるのか。

そしてもしこの瞬間、あの娘《こ》がここへはいって来たら、
この大それた仕業《しわざ》におまえはどんな罰をうけるだろう。
思い上がった男が、たちまち、ああ、なんとちっぽけになることか。
溶けて消える氷のように、あの娘《こ》の足もとにひれ伏すだろう。

メフィスト　早く、早く。娘があっちから帰ってくる。

ファウスト　行こう、行こう。もう二度とここへは来ない。

メフィスト　さあ、この小箱だ。ちょっと目方がありますよ。
さるところから持ってきたんだ。
これをこの箪笥のなかに入れておきなさい。
娘が見つけると気が遠くなるほど喜ぶこと請合いです。
このなかには、お姫さまでも誘惑されるような
かわいい品々を入れておきましたよ。
なんといったって子供は子供、ままごとはままごとですからね。

ファウスト　こんなことをしても、いいものかしら。

メフィスト　何を言ってるんです。
せっかくの宝を使わずにおく気にでもなったんですか。
そんなら忠告しますがね、あなたも浮気ごころを起こして、
大事な時間をつぶすなんてことは、およしなさい。
わたしもこれ以上骨を折ることはご免こうむりましょう。
まさかあなたはこれが惜しくなったんじゃないでしょうね。
まったく、わたしひとりがやきもきして——
（小箱を簞笥に入れ、もとどおり錠をおろす）
さあ、行きましょう。早く。——
あなたのために、あのかわいらしい娘を、
お望みどおりになびかせようとしているんだ。
ところがなんです、その顔つきは。
まるでいよいよ講義に出てゆく時間が来たというような。

形而上学と形而下学の幽霊に、
いちどに出っくわしたとでもいうような。
さあ、行きましょう。（去る）

マルガレーテ　（ともしびを手にもって）　なんだか、ここへはいったら、とてもうっとうしくて、息苦しい。

（窓をひらく）

そのくせ、そとは、そんなに暑くないんだけれど。
なんだか妙な気もちがする、どうしてかしら？
早くお母さんが帰っていらっしゃればいいのに。
身体《からだ》じゅうがぞくぞくして来そう。——
わたしは、まあ、なんて臆病なおばかさんなんだろう。

（着物をぬぎながら、うたいはじめる）

むかしトゥーレの島に優《やさ》しい王がいました。
いのちのかぎり妃《きさき》をいつくしみました。

妃が王に先立ったとき、
かたみに金のさかずきを遺しました。

これにまさる宝はありませんでした。
宴《うたげ》のたびに王は取り出しました。
そのさかずきから飲むたびに
涙が頬をながれました。

王の齢《よわい》の終りが近づいたとき、
国の町々、宝のかずかずを
残らず世嗣《よつぎ》に譲りましたが、
さかずきだけは手放しませんでした。

晴れの宴《うたげ》がもよおされ、
騎士たちは王のまわりに居並びました。
海を見おろす堅固な城の
祖先をしのぶ広間でした。

王はやがて立ちあがり
最後の生命《いのち》の火を飲みほしました。
そしてその宝のさかずきを
潮《うしお》のなかに投げこみました。

さかずきは波にのまれ、波をのみ、
海底《うみそこ》深く沈みました。
王の眼もしだいに深く沈みました。
もう飲むこともない人でした。[*1]

（簞笥をあけて、脱いだ着物をしまおうとして、小箱を見つける）

おや。どうしてこんな美しい箱がはいっているのだろう。
わたし、たしかに簞笥に鍵をかけたのに。
でも、ほんとうにきれいな箱。何がはいっているのだろう？
きっと誰かがお母さんにお金を借りに来て、
これを質草においていったんだわ。

あっ、リボンに小さな鍵がついている。
あけてみようかしら。
まあ！　こんな立派な！
わたしいままで見たことがない。
これは宝石。どんな貴婦人だって
これをつけて晴れの祝いの日に出かけられるわ。
この鎖、わたしに似合うかしら。
こんなすばらしいもの、いったい誰のだろう。

（それを身につけ、鏡の前に立つ）

せめてこの耳飾りだけでも、わたしのものだったら。
まるで見ちがえるように美しくなるわ。
ほんとうに、若くてきれいなだけでは、何にもならない。
そりゃ、それだけだっていいにはいいけれど、
だからといって、誰も別に何とも思ってくれやしない、
ほめてくれるのも、半分は気の毒に思うからよ。
みんなにつきまとわれるのも、

ちやほやしてもらえるのも、
お金持だけだわ。貧乏人はつまらないわ。

＊1　王はそのまま静かにこの世を去ったのである。その凝然とした姿が見えるようである。この詩は一七七四年、『ファウスト』とは関係なく作られた。トゥーレは伝説的な極北の島。

散歩

ファウスト、思いに沈んで行ったり来たりしている。
そこへメフィストフェレス。

メフィスト　ええい。世界じゅうの失恋をしょいこんだようにいまいましい。地獄の火にかけられたように胸が煮えかえる。
ええい。もっと腹の癒えるような悪口はないものか。

ファウスト　どうしたのだ、なんでそう憤慨するのだ。
そんなまずいしかめっ面《つら》を、おれは生まれてから見たことがない。

メフィスト　わたしは、自分が悪魔でなかったらね、
すぐにも悪魔に取って食われたいくらいです。

ファウスト　頭がどうかしたのか。
よく似合うよ、きみが気違いのようにそうわめくのは。
メフィスト　いや、お話にも何にもなったものじゃない。グレートヒェンのために置いて
きた
あの宝石類を、坊主のやつがかっぱらって行ったんです。
母親があの品を見つけましてね、
すぐなんだか気味わるがり出したんです。
その母親というのが、根がおそろしく鼻がきくうえに、
しょっちゅう祈禱書のにおいを嗅《か》いでいるものだから、
どんな家財道具にもいちいち鼻をよせて、
これは神聖なもの、これは不浄なものと嗅ぎわけるのですよ。
だからあの宝石を見ても、あんまり祝福のこもっていそうな品ではないことを、
ちゃんと嗅ぎつけたのですね。
そこで娘を呼んで言ったものだ。「おまえ。筋のわるい品物は、
たましいにしみをつけ、血まで吸いとるというからね。

これは聖母さまに差し上げようね。
そして天のお恵みをいただこうね」とね。
かわいいマルガレーテは、口のはしをちょっぴりつりあげて、こんなふうに思った。
諺にも、貰った馬の歯並みのよしあしは言わぬがよいということがある。
それに、親切にこんなりっぱな品をわざわざ持ってきてくだすった方が、
神にそむくようなひとであるはずがない、とね。
だが、母親は坊主を呼んだ。
坊主はろくすっぽ話も聞かずに、
品物を見てよだれをたらした。
その言い草がこうだ。「それはご奇特なことだ。
おのが欲を棄てれば、利益《りやく》にあずかる。
教会の胃の腑《ふ》は丈夫でな、
これまでにも地所や領地をいくつも呑み込んだが、
それでもついぞ腹をこわしたことがない。
教会だけだ、よろしいかな、
よこしまな財宝を腹におさめて消化することができるのは。」

ファウスト　きゃつらの手口だ。
ユダヤ人や国王の胃袋もそうだな。
メフィスト　それから腕輪、指輪、耳飾りを、
二束三文の品あつかいにして、ふところに突っこみ、
くるみ一かごを
もらったほどの礼を言って、
いずれたっぷり天の報いがいただけると請け合った。
女たちはありがた涙にくれたというわけさ。
ファウスト　それでグレートヒェンはどうしている?
メフィスト　　　　　　　　落ちつかぬようすで、
自分でも、いったい何がしたいのか、したらいいのか、わからずに、
あけくれ、あの贈り物のことを、
それよりもその贈り物をしてくれた人のことを、思いつづけていますよ。
ファウスト　そんなに胸をいためているのか。かわいそうに。

すぐに新しい宝石類を持って行ってやってくれ。
こないだのはそう大したものじゃなかった。

メフィスト　そうですよ。主人に言わせりゃ、なんだっておやすいご用だ。

ファウスト　それから、さっさとおれの言うとおり事をはこぶんだ。
まずおまえが隣の女を手に入れろ！
そんな煮えきらん顔をして。悪魔らしくやれ。
新しい飾りの品をすぐに手に入れるんだ。

メフィスト　はい、はい。仰せのとおりいたします。

（ファウスト、去る）

メフィスト　ご覧のように、恋にうつつを抜かした男というものは、
おてんとさまでも、お月さまでも、空いっぱいのお星さんでも、
思う女のご機嫌をとるためなら、ぽんぽん花火のように打ち上げたがるものですよ。（去る）

隣の女の家

マルテ、ひとり。

マルテ　神さま、どうかうちの人に罰《ばち》をおあてになりませんように。
あの人はわたしによくしてはくれなかった。
無鉄砲に世間へ飛びだして、
わたしをひとりぼっちにしたまま、ほったらかしている。
ほんとうに、わたしはあの人につらい思いをさせたことなんぞない、
あの人を心《しん》から愛していたのに。
（泣く）
ひょっとしたら、死んでいるのかもしれない。——ああ、なんとしたことだろう。
せめて死亡証でもあればいいに。

マルガレーテ、来る。

マルガレーテ　マルテおばさん。

マルテ　　グレートヒェンかえ。なんだい？

マルガレーテ　わたし、びっくりして膝をついてしまいそうだったの。
ほら、またこんな小箱が
わたしの箪笥にはいっていたの。黒檀の箱よ。
そして中には、いろいろ、とってもすばらしいもの。
このまえのよりも、ずっとずっと立派なの。

マルテ　それはお母さんに言わないほうがいいよ。
すぐにまた懺悔の日にお坊さんのところへもっていってしまうから。

マルガレーテ　ねえ、これを見て。まあ、これをご覧なさいな。

マルテ　（マルガレーテの身にその品々をつけてやる）　しあわせ者だよ、おまえさんは。

マルガレーテ　だってつまらないわ。このまま外へ出ることも、
教会へ行くこともできず、誰にも見てもらえないんですもの。
マルテ　そんならわたしのところへいつも来て、
ここでこっそりその耳飾りや何かをつけてみたらいいわ。
そしてしばらく散歩のつもりで鏡の前を行ったり来たりしてみるのね。
わたしが見てあげるし、けっこう楽しいじゃないの。
そのうちに、お祭やら何やら、きっといい折りがあろうから、
だんだん人なかへもつけて出るさ。
はじめは首飾り、それから真珠の耳飾りというふうに。
お母さんも気がつくまいし、なんとか言いようもあるだろうよ。
マルガレーテ　いったい誰が二度まで箱をもってきてくれたんでしょう。
なんだか、まともなことではないような気がするわ。

（ノックの音）

マルガレーテ　さあ、たいへん。お母さんじゃないかしら。
マルテ　（小窓からカーテンをすかして見て）知らない男の方よ。——どうぞ。

メフィストフェレス、登場。

メフィスト　勝手に上がりまして、
ご婦人がたのお宥《ゆる》しを願わなければなりません。

（マルガレーテに敬意を表して、一歩さがる）

マルテ・シュウェルトラインさんにお目にかかりたいのですが。

マルテ　わたしがシュウェルトラインでございます。どういうご用でございましょうか。

メフィスト　（小声でマルテに）これでお顔を覚えましたから、もうよろしいので。

お客さまは、どこかのご令嬢のようですね。

たいへん失礼いたしました、
午後にでも、出直して参りましょう。

マルテ　（大声で）　まあ、お聞き。グレートヒェン。たいへんなことをおっしゃる。
この方があんたをどこかのご令嬢だとさ。
マルガレーテ　わたくし、貧乏育ちの娘でございます。
そんなこと、おっしゃってくだすっては困るわ。
装飾品《かざり》も宝石もわたくしのものではございません。
メフィスト　いいえ、装飾品《かざり》だけで申したのではございません。
お人柄といい、お目もとといい、きりっとして品がおありになる。——
このままお話をつづけてよければ、わたしもたいへんありがたいのですが。
マルテ　それで、ご用といいますのは？　はやくお聞かせ願えませんか？
メフィスト　もっといいお知らせであがったのなら、よかったのですが。
どうか悪く思わないでください。
あなたのご主人が亡くなられたのです、あなたによろしくということで。

マルテ　えっ。亡くなった？　あのやさしい人が。ああ。
主人が亡くなりましたの。わたしどうしよう。

マルガレーテ　ねえ、おばさん。しっかりして。

メフィスト　ではお聞きください、悲しいご報告を。

マルガレーテ　だから、わたし一生、色恋をしようとは思わない。
死に別れたら、泣き死んでしまうでしょう。

メフィスト　喜びあれば悲しみあり、悲しみあれば喜びありといいますよ。

マルテ　あの人の亡くなったときの様子をお聞かせください。

メフィスト　ご主人はパドゥアに葬られました。
聖アントニウス会堂のほとりの、

ありがたい場所です。
そこを永遠に冷たい安息所にしています。

マルテ　そのほかに何かおことづかりになったことはありません？

メフィスト　そうです、大事なことをひとつ頼まれました。
供養のために、ミサを三百ぺんあげてほしいということです。
ほかには、わたしは手ぶらでして。

マルテ　なんですって？　メダル一つ、宝石一つ、残さない。
旅回りの職人だって、そのくらいは財布の底に、
記念のためにしまっておいて、
たとえ飢えても、乞食をしても、手放しはしないものなのに。

メフィスト　奥さん、ほんとうにお気の毒です。
けれどご主人は、じっさい、むだ遣いをしたわけではありません。
それに自分のまちがいをしきりに後悔していました。

いや、それ以上に身の不運を嘆いておりました。

マルガレーテ　ああ、人間の不運って、ほんとうにきりのないものね。
わたし、きっと忘れずにおじさんのために供養のレクィエムを唱えることにするわ。

メフィスト　あなたはもうすぐ結婚でしょうね。
気立てのいいむすめさんだから。

マルガレーテ　とんでもない。まだとても結婚なんぞ。

メフィスト　それはね、ご亭主でなくとも、いい人ができて、うれしい仲になればいいでしょう。
かわいい、いとしいひとと抱きあうのは、
この世のいちばん大きい楽しみですよ。

マルガレーテ　そんなことは、この土地では誰もいたしておりません。

メフィスト　おっても、おらなくても、いたすものなので。

マルテ　どうかさっきのお話のつづきを。

メフィスト　息をひきとるところに、わたしは立ち会いましたが、
それはごみためよりは少しましな、
腐りかかった藁の上でした、でもキリスト教徒として亡くなりました。

まだ勘定の済んでいない罪がだいぶ残っているとは言っていましたがね。

「ほんとうにおれは、おれというものが心《しん》からいやだ。」そう声をふりしぼって言いました。

「こうして商売も女房も捨てて行くのだ。

ああ、思い出すとたまらなくなる。

どうか息のあるうちに女房がおれを許してくれればいいに。」

マルテ　（泣きながら）かわいそうに。わたしはもうとっくに許していたのに。

メフィスト　「だが、神さまだけがご存じだ、女房のほうがわしより罪が深かった。」

マルテ　そんなことを言ったの？　まあ、死ぬ間際まで嘘をつくなんて。

メフィスト　たぶん断末魔の苦しさにうわごとを言ったのでしょう。
わたしにはどういうことかわかりませんが。
こんなふうに言いました。「わしは一時《いっとき》だって安閑としちゃいられなかった。
まず子どもをこさえて女房にあてがう、それからみんなにパンをあてがう。
パンといっても、パンや着物や一切合財《いっさいがっさい》ひっくるめてだ。
だからわしは、自分の分もおちおち食うひまがなかったのだ。」

マルテ　じゃ、わたしがあんなに一生懸命つくしたのを、すっかり忘れちゃったんだね。
夜昼なしに苦労してさ。

メフィスト　いいえ。そのことはけっして忘れはしなかったんですよ。
こう言いましたっけ。「マルタ島を発つときに、
わしは女房と子どもたちのために、われを忘れてお祈りをした。
するとやっぱり天のお恵みが授かった。

わしたちの船は、サルタンの
宝を積んだトルコの船をつかまえた。
みんなの勇敢な働きに褒美が出て、
おれもたっぷり、
分け前にあずかった。」

マルテ　まあ。どうしたんでしょう、それを。どこかへ埋めたんじゃないでしょうか。

メフィスト　いや、どこへ吹っ飛んでしまったものか。
ナポリに着いて、知らない街をぶらついていると、
きれいなレディーがくわえこんで、
骨身おしまずもてなしたので、
そのお名残りが、死ぬ日までご主人の骨にからみました。

マルテ　悪党！　子どもたちのものまで盗み取って！
どんなに落ちぶれても、困っても、
あの浮気はやまなかったのか。

メフィスト　だから、その報《むく》いには死にました。
ところで、わたしがあんたなら、
一年ほどはおとなしく後《あと》をとむらって、
そのうちそろそろ代りのいい人をさがしますね。

マルテ　いいえ。死んだ夫のようなのは、
広い世界を探しても、めったに見つかるものじゃありません。
ほんとに気のいい、かわいい男でした。
疵《きず》には、むやみに旅に出たがって、
よその酒とよその女が大好き、
それにばくちを打ちました。

メフィスト　なるほどねえ。そこで、ご主人のほうも、
ざっとそのくらい、あなたのことを大目に見ていたとすると、
うまく釣合いがとれていたわけですね。
まったくのところ、そういう契約なら、わたしなんぞも大喜びで、

あなたと指輪を交換いたしますなあ。

マルテ　まあ、ご冗談ばっかり。

メフィスト　（独語）　こいつはそろそろ退散しなくちゃ。こういう女は本物の悪魔からさえ言質《げんち》をとりかねないて。

（グレートヒェンに向かって）

ところで、あなたのお胸のうちは？

マルガレーテ　え。なんのことでございます？

メフィスト　（独語）　こいつはまったくのおぼこだなあ。

（声を高めて）

では、皆さん、さようなら。

マルガレーテ　さようなら。

マルテ　あの、ちょっとひと言だけ。

なにか証明書のようなものはございますまいか、
主人が、いつ、どこで、どんなふうに亡くなって葬られたかというような。
わたしは、物事のきまりのつかないことがどうも嫌いで、
できましたら週報[*1]にあの人の死んだことを出してもらいたいと思いますので。

メフィスト　それは、奥さん、なんでもない。証人が二人おれば、
いつでも真実の証明は成り立ちます。
ちょうど、人柄のいい若い男がわたしの連れになっていますから、
そいつといっしょに役所へ行ってあげてもいい。
まず、ここへつれてきましょう。

マルテ　どうぞそうお願いいたします。

メフィスト　そのときは、こちらのお嬢さんもお見えになっておりましょうね。
出来のいい青年です。ほうぼう旅行をしているし、
お嬢さんがたに対してもちゃんと礼儀を心得ています。

マルガレーテ　そんな方の前に出たら、わたし、真っ赤になってしまいますわ、恥ずかし

くって。

メフィスト　いや、どこの王さまの前に出たって恥ずかしいことはないあなただ。

マルテ　では、裏の庭で、

今晩お二人をお待ちいたします。

＊1　週報の発行はゲーテ時代のことであるが、ゲーテは時代錯誤を承知のうえで書いた。

街

ファウスト、メフィストフェレス。

ファウスト　どうだ。うまくいきそうか。何とかなるか。

メフィスト　こいつはいい。そんなに燃え立ってきましたか。
ほどなくグレートヒェンはあなたのものです。
今晩、隣のマルテという女のところで逢わせてあげます。
取持ちや橋わたしには
もってこいの女ですよ。

ファウスト　それはうまい。

メフィスト　ところが、こっちもひとつ頼まれました。

ファウスト　世の中はあいみ互いだ。
メフィスト　なあに。その女の亭主がくたばって、
パドゥアのありがたい場所に埋められてあるという
公式の証明をしてやりゃ、いいんです。
ファウスト　おめでたい悪魔め。それじゃパドゥアまで行って来なくちゃならんじゃない
か。
メフィスト　それこそ「おめでたい聖者」さまだ。そんな必要があるもんですか。
いい加減に証言すりゃいいんです。
ファウスト　もっといい知恵はないのか。この話はおれはいやだ。
メフィスト　それこそ、あなたもまさに聖人の域に達しましたね。
だがあなたは、生まれてから今度が初めてですか、

偽証というやつをするのは？
神がどうの、世界や世界のなかで動いているものがこうの、
人間や、人間の心のなかにうごめいているものがああのと、
勢いこんで定義をくだす、
しかも臆面もなく、そり返って。
だが、腹の底を打ち割って、
ひとつズバリと言ってくださいよ。あなたは神や世界のことを、
シュウェルトラインという男が死んだことより、もっと確かに知っていたんですか。

ファウスト　ソフィスト〔詭弁家〕め、どこまでおまえは嘘つきなんだ。

メフィスト　さようさ。わたしの眼が見通しでなかったら、そう言われて引きさがるでしょうよ。
だが、もう明日あたり、あなたは大真面目で、
あのグレートヒェンをだますんだ、
神かけて愛するのなんのと、出まかせの誓いを立てて。

ファウスト　愛しているとも。真心からだ。
メフィスト　けっこう、けっこう。
さてそれから、永遠の真実、変わらぬ愛情、
なにものにも打ち勝つひとすじの情熱とくる。
それもみんなやっぱり真心から出るんでしょうな。
ファウスト　よさないか。真心からだとも。――おれの胸のなかのこの感情、
このこころの乱れを言い現わそうとして、
ことばをさがして見つからず、
そこで五官を研ぎすまし、思いをつくして世界の果てまでも探ね求め、
そのあげく、あらゆる最上級のことばを摑みとって、
おれの身を焼くこの熱情の火を、
無限だ、不滅だ、永遠だといったとしても、
それが悪魔流のことばのもてあそびか、たぶらかしか。
メフィスト　でもわたしのいうことは本当ですよ。
ファウスト　おい。これだけは覚えておいてくれ――

いつまでも言い合いをするのは、いやになった——。
いいか。自分の言うことが本当だ、本当だと、ただその一つをくりかえしていれば、
けっきょく議論はそいつの勝ちになるにきまっている。 3070
さあ、行こう。おれはもうしゃべり疲れた。
そうだ、きみの勝ちだよ。遅くならないためには、きみに勝たせなくちゃならないからな。

庭

マルガレーテはファウストの腕にすがり、マルテはメフィストフェレスと連れ立って、庭のなかを往きつ戻りつしている。

マルガレーテ　よくわかっておりますわ。わたくしをいたわってくださって、
調子を合わせてくださいますのね。それでわたくし、よけい恥ずかしくなりますわ。
ほうぼう旅をなさる方は、思いやりのこころから、
いやな顔をなさらないのですわ。
ほんとうに、あなたのようにいろいろなことをご存じの方に、
わたくしなんぞのつまらない話が、お気に召すはずはないんですもの。

ファウスト　いいえ、あなたのひと目、あなたのひと言が、
この世のどんな賢者のことばより、わたしをよろこばしてくれるのです。

（その手に接吻する）

マルガレーテ　あら、そんなお作法はなさらないで。こんな手に接吻なさるなんて。
きたない、荒れた手なんですもの。
わたし、どんな仕事でもしなくちゃなりませんの。
母がとてもやかましやなものですから。

（行き過ぎる）

マルテ　それで、あなたはいつも旅ばかりしていらっしゃいますの。

メフィスト　いや、どうも勤めや商売に追い廻されましてね。
土地によっては、発《た》つのがずいぶんつらいこともあるんだが。
腰を落ち着けてしまうわけにもいかないのでね。

マルテ　それはお元気なうちは、
そうやって気ままに世界じゅうをお歩きになるのも結構ですわ。
けれど、おいおいお齢《とし》を召して、やもめのまま、

年々お墓に近くなってゆくなんて、
誰しもあんまりぞっとしませんわねえ。

メフィスト　そう。わたしも先にそれが見えているから、いやな気持になりますよ。

マルテ　ですから、いまのうちに、ようくお考えなさらなくては。

（行き過ぎる）

マルガレーテ　そうよ、去る者は日々に疎《うと》しって申しますわ。
お逢いしていればこそ、お世辞をいってくださいますけれど。
きっと、お友だちのかたが大勢おありなんでしょう。
わたしなどより、ずっと物わかりのいいかたが。

ファウスト　それが、大違いです。物わかりのいいということは、
たいがい、見栄や浅い知恵なのです。

マルガレーテ　　まあ！

ファウスト　ああ、単純な美しいたましいが
自分の貴い値打を知らずにいるのです。
謙遜で控え目な気持こそ、
恵みふかい自然の最善の贈りものなのに——

マルガレーテ　ほんのちょっとのあいだでも、わたくしのことを思っていただけたら、
わたくし、一生、あなたをお忘れ申しませんわ。

ファウスト　ひとりでいらっしゃることが多いんでしょうね。

マルガレーテ　ええ、ほんの小さい世帯《しょたい》ですけど、
なにかと用事がありますので。
女中さんがいませんでしょう、それで煮炊きやら、お掃除やら、編みものやら、
縫いものやら、朝から晩までわたしひとりの手でしていますの。
それに、母が何につけても
几帳面なものですから。
ほんとうは、そんなに切りつめた暮らしをしなくともいいんですの。

ひとさまよりは、よっぽど楽にやって行けるのですから。
父がいくらか財産を残してくれましたし、
郊外には庭つきの小さな家もありますの。
でも、このごろは、わたし、わりあい静かにしていることが多くなりましたの。
兄は兵隊に出ていますし、
ちいさい妹は亡くなりましたので。
あの子にはほんとうに骨が折れました。
でも、もう一度あの苦労がくりかえせたらと思います。
とてもかわいい赤ちゃんでしたの。

ファウスト
天使だったでしょう、あなたに似ていたら。

マルガレーテ　わたくしが育てたものですから、それはよくなついていましたの。
生まれたのは、父が亡くなってからでしたの。
母は衰弱しきっていまして、
わたくしたち、とても助からないものと思っていました。
ですから、肥立ちもはかばかしくまいりません。
赤ちゃんに自分のお乳をやるなんて、

思いもよらないことでした。
ですから、わたくしの手ひとつで育てましたの、
いつも牛乳をお湯で薄めて。それでわたくしの子になりましたの。
抱っこしたり、膝にのせたり、
そうしますと、とてもよろこんで、手足をばたばたさせました。そんなふうにして大きく
なっていきました。

ファウスト　あなたは、何よりも浄らかな幸福を味わったのですね。

マルガレーテ　でも、ずいぶんつらい時もありましたわ。
夜は、赤ちゃんの揺籃《ゆりかご》を
わたくしのベッドのそばに寄せまして、ちょっとでも動くと
わたくしの眼がさめるようにしておきました。
お乳をのませたり、わたくしの床のなかに入れたり、
どうしても泣きやまないときは、起きて、
揺すぶりながら部屋のなかを行ったり来たりしました。
そして朝は早くから、おせんたくをします。

それから、市場に出かけ、帰ればお勝手の仕事をしなければなりません。
今日も明日も同じでした。
ですから、いつも元気でというわけにもまいりません。
そのかわり、食事がおいしく、夜もよく寝《やす》まれますの。

（行き過ぎる）

マルテ　ほんとうに、女はどうしてよいかわかりません。
独身のほうがいいとおっしゃる方は、なかなか考えを変えてくださらないし。

メフィスト　そりゃ、あなたがたの腕しだいですよ、
わたしなどの心得違いを思い知らしてくださるのは。

マルテ　ねえ、はっきりとおっしゃらない？　まだ、お見つけになりませんの？
どこかに心がつながれてしまったのじゃありません？

メフィスト　諺に言いますね。自分のかまどと
よい女房は、金と真珠の値打があるって。

マルテ　どこかでその気におなりになったんでしょうと申していますのよ。

メフィスト　ええ、ずいぶんほうぼうでよくしてもらいました。

マルテ　ですからさ。本気でお考えになったことはなかったかとお尋ねしているの。

メフィスト　いつも本気ですとも。ご婦人に冗談なんか言っちゃすみませんからね。

マルテ　あら、おわかりにならないのね。

メフィスト　申しわけありません。
でも、あなたがたいへんご親切だということはわかっておりますよ。

（行き過ぎる）

ファウスト　わたしだということがすぐにわかりました？
さっき庭にはいって行ったとき。

マルガレーテ　ごらんになりませんでしたの？　わたし目を伏せたでしょう。

ファウスト　ではあの失礼を許してくださるでしょうね。
こないだ教会からお帰りのとき、
ぶしつけをしてしまって。

マルガレーテ　わたし、びっくりしてしまいました。あんなこと、初めてなのですもの。
これまでひとにとやかく言われたことは一度だってありませんでした。
だから、わたし、こう思いましたの。わたしのそぶりに
ふしだらなところがあって、それがお眼にとまったのかしら、
これはすぐどうにでもなる娘だと、
そんな気持をあの方に起こさせたのかしらって。
白状してしまいますわ、あとで考えてみますと、
わたし、あなたをいい方だと思う気持がしはじめていましたのね。
でもあのときわたし、ほんとうに、自分で自分に怒《おこ》っていましたの、
なぜあなたにもっと怒ってさしあげなかったのかしらって。

ファウスト　かわいいひと！

マルガレーテ　　　あの、ちょっと。

（アスターの花を一輪摘んで、その花びらを一ひら一ひらむしる）

ファウスト　　　　　　　　どうするの。花束？

マルガレーテ　いいえ、ほんのいたずら。

ファウスト　　　　　　　　どんな？

マルガレーテ　　　　　　　　いや。お笑いになるから。

（花びらをむしりながら。つぶやく）

ファウスト　なにを言ってるの。

マルガレーテ　（やっと聞きとれるほどの声で）

わたしを——愛していらっしゃる——いらっしゃらない

——

ファウスト　なんというあどけなさだろう。

マルガレーテ　（言いつづける）愛していらっしゃる——いらっしゃらない——愛していらっしゃる——いらっしゃらない——

（最後の一枚をむしり、うれしさに声をはずませて）

愛していらっしゃる——わたしを。

ファウスト　　愛しているとも、おまえを。この花の占いを
神のお告げだと思うがいい。おまえを愛している。
このことばの意味がわかるかい。おまえを愛しているのだよ。

（マルガレーテの両手をとる）

マルガレーテ　わたし、なんだか身体《からだ》がぞっとしますわ。

ファウスト　こわがることはない。おまえを見るこの眼、
おまえの手をとるこの手に、
口には言いあらわせないことを言わせてくれ。
わたしはすべてを捧げる、そして

永遠に消えない歓びになりきるのだ。
永遠に！——それが消えたら、おれの最後だ。
いいや、消えはしない、消えることがあるものか。

（マルガレーテは、ファウストの両手をつよく握りしめ、身をふり離して、走り去る。ファウストは一瞬思案したが、あとを追う）

マルテ　（近づきながら）　すっかり暮れましたわ。

メフィスト　そう。そろそろお暇《いとま》いたしましょう。

マルテ　もっとお引き留めしたいのですけれど。
でも、ここは人の口のうるさい土地でして、
みんな、近所のもののすることなすことを
見ているほかには、
何にも仕事がないといったようなところです。
ですから、どんなことをしてもしないでも、噂のたねになるんですの。
おや、あの二人は？

メフィスト　あっちへ駆け出して行きましたよ。
雌蝶雄蝶の追いかけごっこだ。

マルテ　あの方、あの娘《こ》がお気に入ったようね。

メフィスト　そしてあの娘《こ》のほうでも。これが世間のおさだまりさね。

庭の中の小屋

マルガレーテ、駆け込んで、扉のうしろに隠れる。指先を唇にあてて、隙間からうかがう。

マルガレーテ　いらしった。

ファウスト　（来る）　いたずらっ子が。ぼくのことをからかって。

ほら、つかまえた。

（接吻する）

マルガレーテ　（ファウストをひしと抱き、接吻をかえす）

あなた！　わたし、心《しん》から愛してよ。

メフィストフェレス、戸をたたく。

ファウスト　（じだんだを踏んで）　誰だ。

メフィスト　あなたの親友です。
ファウスト　畜生！
メフィスト　そろそろ引き揚げなくちゃ。
ファウスト　お送りしてはいけませんか。
マルテ（来る）　そう。もうだいぶ遅うございますよ。
マルガレーテ　でも、母が――。さようなら。
ファウスト　じゃ、帰らなくちゃならんのか。
じゃ、さようなら。
マルテ　ごきげんよう。
マルガレーテ　また、近いうちに。
（ファウストとメフィストフェレス、去る）
マルガレーテ　ほんとうに。ああいう方は、
どんなことでもおわかりになっていらっしゃるんだわ。
わたし、もう、あの方とごいっしょにいると、自分の馬鹿なのが恥ずかしくて、

何をおっしゃっても、ただ「はい、はい」と言っているだけだわ。
わたしなんか、なんにも知らないむすめなのに、
どこがいったいあの方のお気に入ったのかしら。（去る）

森と洞窟

ファウスト、ひとり。

ファウスト　崇高な地の霊よ、おまえは惜しみなく授けてくれた、
おれの望んだすべてのものを。おまえは徒らに、
焔のなかに現われて、顔をおれにふり向けたのではなかったのだ。
壮麗な自然をおれの領土として与え、
それを感じ、それを味わう力を授けてくれた。
ただ冷ややかにながめるばかりでなく、
自然のふところ深く分け入ることを許してくれた、
親しい友の胸中を見るように。
おまえは生命《いのち》あるものの大群を
おれの前に展開させ、繁みに空に水に住む

兄弟たちをおれに引き合わしてくれた。
そして、嵐が起こって森に猛り、
樅《もみ》の大木が倒れざまに隣の木々、
隣の枝々を薙《な》ぎはらい、
その物音に山々が無気味なこだまを返すとき、
おまえはおれを静かな洞窟にみちびいて、
そこでおれというものをおれ自らに見せてくれた。　するとおれ自身の胸にひそむ
深い神秘と驚異が、覆いをとってあらわれたのだ。
さて、ただ独りいるそのおれに、澄みわたった月が
やさしい光を投げかけると、そちこちの
岩壁から、露にぬれた繁みから、
伝説の世界の銀色にほのめくもろもろの姿がただよい出て、
どこまでも考え抜こうとする厳しい気持をやわらげてくれるのだ。

ああ、人間にはけっして完璧が授けられないことを、
おれはいまつくづくと感ずる。　おまえが与えてくれたのは、
おれを神々の近くにまで高めてくれるこの純粋な喜びばかりではない、

あの道連れをおまえはそれに添えてよこしたのだ。だが、それはもう
おれが手放すことのできない道連れなのだ。そしてそいつの冷酷無恥なやりかたによって
おれというものがおれ自身の眼にも卑しいものになり果て、そいつの吐く言葉一つで、
おまえの贈り物がまったく価値をなくしてしまうのを、忍ばねばならぬのだ。
あいつは、おれの胸のなかに、あの愛らしい姿を追う
狂熱の焔を、これでもかこれでもかと煽りたてる。
こうしておれは欲情から享楽へとよろめき、
その享楽のさなかに、また新しい欲情への渇きに身を焦がすのだ。

メフィストフェレス、登場。

メフィスト　こういう生活も、もうそろそろたくさんでしょう。
あまり長びいては、面白いはずがありませんよ。
一度は試してみるのも、いいでしょう。
だが、また新しいことをはじめなくちゃあ。

ファウスト　ふん。きみは、ほかにもっとすることがありそうなものだ、
せっかく落ち着いた気分でいるところへ邪魔に来ないでも。

メフィスト　へえ、へえ。そんならそうやっていつまでもじっとしていてくれるほうが、
　わたしにもありがたい。
「邪魔しに来る」などと、本気でわたしに言えた義理ですか。
あんたのような無愛想で、つっけんどんで、気違いじみた相棒とは、
縁を切ったところで、なんの損もありゃしない。
一日じゅう、しょいきれないほどの仕事を言いつかって、働きどおしだ。
そのくせ、何がお気に入るのか、入らないのか、
お顔の色をうかがっても、ちっとも読みとれないご主人ときた。
ファウスト　それが君の本音だな。
人にうるさくしておいて、そのうえそれに礼をいえと言うのか。
メフィスト　わたしというものがいなかったら、
いったい、あなたはどうして生活をつづけることができました？
手のつけられぬ妄想の病《やまい》から
ここしばらくあんたを救ってあげたのは、わたしですよ。

3260

わたしがいなかったら、あんたはとうに、
この地球におさらばをしていたはずだ。
それを、なんだって、こんな岩の裂け目の洞穴《ほらあな》に
みみずくみたいにもぐりこんでいるのです。
なんだって、じめじめした苔や、水のぽとぽと垂れる岩天井から、
ひきがえるよろしくけちな養分を吸い取っているんです。
いや、けっこうな暇つぶしだ。
あなたの身体《からだ》からは、まだ学者気分が抜けませんね。

ファウスト　きみなどにはわかるまい。どんなに新しい活力が、
こうして山野に暮らしていると、おれの身うちに湧いてくるか。
おぼろげにでもきみにそれがわかったら、
それこそ悪魔根性を丸だしにして、この幸福に水をささずにはおくまいて。

メフィスト　なるほど、超現世的快楽ですね。
闇と露にくるまって山に寝て、
うっとりと天と地を抱きかかえ、

自分を神かとばかりに大きくふくれあがり、
めくらめっぽうの臆測で大地を髄まで掘りかえし、
六日間の神業《かみわざ》を胸ひとつに残らず感じとり、
昂然として、わたしなどにはわけのわからぬことを楽しむかと思うと、
たちまち、みなぎる愛を注いで万物と一体になり、
地上の生れらしいところはすっかり失せる。

ところで、そういう高遠な思索の果てにそのお方のやらかすことは、
ちょっと口では言えぬが——
（わいせつな身振り）
つまりこれでさ。

ファウスト　ふん。けしからん。
メフィスト　お気に召さぬと見えますな。
お上品に「けしからん」とおっしゃるのもいいでしょう。
身持のきれいな方々もなくては済まされぬことを、

身持のきれいな方々のお耳に聞かせてはならんのですからな。
つまるところが、ときには自分で自分をだますのも楽しいもので、
それをわたしはどうこう言うつもりはない。
だが、ながく辛抱はしきれませんぜ。
だいぶまたお疲れが見えてきた。
これがもっとつづけば、気が狂うか、
それともひどい気ふさぎで、あたら生命《いのち》を縮めかねない。
いや、長談議はよしましょう。[*1]——あなたの恋びとは、家のなかに閉じこもって、
なにを見ても、胸がせまる、悲しくなる。
あなたというものが、どうしても忘れられない。
とほうもなくあなたが恋しいのです。
初めは、あなたの恋の激情が氾濫した、
雪解け水が谷にあふれるようにね。
あなたは、それを、あの娘《こ》の心に注ぎこんだ、
そこで、いま、あんたのその川は、水が引いて、もとの浅い流れになったのですね。
わたしに言わせりゃ、森のなかで王さま気取りでいるよりも
お偉い旦那に似つかわしいのは、

あの気の毒なねんねえの
恋ごころにご褒美をやることだと思いますね。
あの子には、時のたつのが、まだるっこくて仕方がない。
窓ぎわに立って、町の古びた城壁の上を
雲がながれてゆくのを見ています。
「わたしが小鳥であったなら」こんな歌を、
昼はひねもす、夜は夜更けまで歌っています。
ときには元気なこともある。が、たいていはしおれている。
さめざめと泣いていたかと思うと、
落ち着きを取りもどしたように見えることもある。
だが、恋しい、いとしいは、ひっきりなしでさ。

ファウスト　蛇めが、蛇めが。

メフィスト　（独語）どうだい。もうこっちのものだぞ。

ファウスト　悪党め。ここを離れろ。

あの美しいむすめのことはもう言うな。
あのあまやかな肉体の魅力を、
半分狂いかけているおれの五官に思い出さしてくれるな。

メフィスト　これはどういうことでしょう。娘のほうでは、あなたがもう逃げたものだと思いこんでいる。
実際、もう半分逃げ出しているんだから。

ファウスト　いや、おれはあれのそばにいる。たとえどんなに遠く離れていても、
おれは忘れはしない、放しはしない。
そうとも。おれは、主《しゅ》の体《からだ》さえ、ねたましくなる、
こうしているうちも、娘《あれ》が唇をつけると思うと。

メフィスト　そうでしょうとも。わたしでさえあんたに妬《や》けてくることがある。
ほら、バラの花にかくれて草を食《は》んでいるあのむっちりした双子《ふたご》の小鹿[*2]を思うとね。

ファウスト　行ってしまえ。取持ち屋め。

何とでもおっしゃい。あんたがわめきたてればた
てるほど、こっちはおかしくなる。

メフィスト
神さまは、男と女をこしらえたが、
そのあとで、自分から取持ち役をつとめるのが
貴い仕事だと気がついた。
さあ、行っておやんなさい。見るもあわれなありさまだ。
いとしい娘《こ》の部屋へお出でなさいと言っているんですぜ、
なにも死の国に飛びこめと言っているんじゃない。

ファウスト　それは、あの娘《こ》をこの腕に抱きしめるのは天国の喜びだが、それには言うに
言われない苦しみがあるのだ。
おれがあの娘《こ》の肌のぬくみであたたまっているあいだも、
おれはあの娘《こ》の難儀を感じないでいられるだろうか。
おれは逃亡者ではないか？　宿もない放浪者ではないか？
目あてもなく、休むことも知らぬこの世の仲間はずれで、
滝水のように岩から岩へ打ちつけられ、

とめどのない欲望に狂いながら奈落をさして落ちてゆくのだ。
それにあの娘《こ》はどうだ。その激流から離れたところ、アルプスの緑の野の小家に、
あどけない気持で住んでいる。
そしてその日その日のいそしみは、
家のなかの小さい世界に限られている。
それなのに、神に追放されたこのおれは、
岩々に襲いかかって、
それをこなごなに砕くだけでは
満足せず、
あの娘《こ》を、あの娘《こ》の平和を、葬らずにはいられなかったのだ。
地獄よ、きさまにはこの生贄《いけにえ》がどうしても必要だったのか。
手をかしてくれ、悪魔よ、おれの悶えの時間をちぢめてくれ。
どうしても起こらねばならぬことなら、いますぐ起こったほうがいい。
あれの運命がおれの上にくずれかかって、
あれも、おれも、もろともに破滅の底へ落ちるなら落ちるがいい。

メフィスト　さあ、またたぎってきましたね、燃えてきましたね。

早く行って、なぐさめておやんなさい。阿呆な方だ。
こういう了見の狭い人は、出口が見つからないと、
すぐに死ぬとかなんとか考える。
大胆にやりぬいてこそ、勝ちですよ。
あなたもこないだじゅうは、もういっぱし悪魔気取りだったじゃありませんか。
なんといっても、この世でいっとうだらしがないのは、
絶望して戸惑いしている悪魔ですよ。

＊1　「そんなことはやめなさい」の解もありうる。
＊2　乳房を指す。「雅歌」四の五から引用。「あなたの双の乳ぶさは、かもしかの二子（ふたご）である二匹の子じかが、ゆりの花の中に草を食べているようだ」

グレートヒェンの部屋

グレートヒェン（糸車に向かって。ただひとり）

胸はこがれ
思いはつのる。
あのやすらぎは　もう
けっして　もどってこない。

そのひとの見えぬところは
すべて墓。
世はおしなべて
にがく　くるしい。

うつろな

こころ、
つきぬ
あこがれ。

胸はこがれ
思いはつのる。
あのやすらぎは　もう
けっして　もどってこない。

あのかただけを追うて
窓から見る、
あのかただけをもとめて
そとに立つ。

あのかたのけだかい歩み、
秀でた姿、
口もとの笑《え》み、

雄々しいまなざし。

そして　かぐわしい
ことばの流れ、
力をこめるみ手、
そして　ああ　そのくちづけ。

胸はこがれ
思いはつのる。
あのやすらぎは　もう
けっして　もどってこない。

あこがれはただ
そのひとを追う。
ああ　この腕に
しかととらえて、

思いのままに
くちづけを。
たとえ　そのひとのくちづけに
この身は消えて失せるとも。

マルテの庭

マルガレーテ、ファウスト。

マルガレーテ　ねえ、約束してくださらない、ハインリヒ。

ファウスト　ぼくにできることなら。

マルガレーテ　では、おっしゃって。どうお思いになっていらっしゃいますの、信仰のことを。
あなたは、ほんとうにいい方よ。
でも、そのほうのことはあまり重くお考えになっていらっしゃらないような気がするの。

ファウスト　よそうよ、そんな話は。ぼくがきみを思っていることは、きみはよく知っている。

ぼくは、愛する人たちのためには、血も肉も惜しむまい。
その人たちの感情や教会のこととの邪魔をするものか。

マルガレーテ　それではいけないの。あなたご自身が信仰をおもちになっていなくては。

ファウスト　ぼくがか？

マルガレーテ　ああ、わたし、あなたにおすすめする力があればいいのだけど。
あなたは秘蹟《ひせき》もお敬いにならないんでしょう。

ファウスト　いや、敬っている。

マルガレーテ　でも、心から求めていらっしゃるのではないでしょう。
ミサにも、懺悔にも、長いこといらっしゃらないのね。
あなた、信じていらっしゃいます、神さまを？

ファウスト　いいかい、グレートヒェン。いったい誰が言
えるだろう、
「おれは神を信じている」と。
坊さんにでも学者にでも訊《き》いてみるがいい。

その返事はきっと、訊き手を
嘲弄しているようにしか聞こえまい。

マルガレーテ　ではお信じにならないのね。

ファウスト　いや、ぼくのいうことを取りちがえないでくれ、グレートヒェン。
誰が無造作に神を口に出すことができよう、
誰が公言できよう、
おれは神を信じていると。
しかし、感ずる心をもったものなら、
どうしてまた、神を信じないなどと
言いきれよう。
すべてを抱きとっているもの、
すべてをささえているもの、
それは、きみをも、ぼくをも、またそれ自身をも、
ささえており、抱きとっているのではなかろうか。
われわれをおおうているあの大空のふくらみ、
われわれに踏まれるこの大地の揺るぎなさ。

そして永遠の星たちは、
やさしいまなざしで昇ってくる。
こうしてきみとじっと眼を見合わせていると、
世界の精髄はきみのこころに
みなぎってきて、
それは永遠の神秘として、眼には見えぬがはっきりと、
きみをめぐってただようではないか。
きみの胸を心ゆくまでそれで充たすがいい。そしてそれにひたりきって、
われを忘れるほどの祝福にめぐまれたら、
それをきみの好きな名で呼ぶがいい、
幸福とも、真情とも、愛とも、神とも。
ぼくには、それを呼ぶ名前がみつからない。
感情がすべてだ。
名前は、うつろな響き、散ってゆく煙だ、
天上の火をつつみかくしているだけだ。

マルガレーテ　あなたのおっしゃることは、みんな美しい、結構なことですわ。

牧師さまも、おおよそ同じことをおっしゃいます、
ただすこうし言葉がちがいますの。

ファウスト　それは、この世の光をあびて、あらゆる場所で、
あらゆる心がいうことだ。
ただ、めいめい自分の言葉でいうだけだ。
だから、ぼくはぼくの言葉でいっていけないはずはない。

マルガレーテ　そう伺えば、それでいいようにも思いますけど、
でも、やっぱり、どこか違っているんじゃないかしら。
あなたはキリスト教を信じてはいらっしゃらないんですもの。

ファウスト　おまえ、何を言うんだ。

マルガレーテ　　　　わたし、まえから気になっていましたの、
あなたがあんなお友だちといっしょになっていらっしゃることが。

ファウスト　どうして？

マルガレーテ　いつもあなたのおそばにいる方、
わたし、あの方、心《しん》からいやなのですの。
わたし、物覚えがついてから、
こんな、胸を刺されるような思いをしたことがありません。
あの方の気味の悪い顔を見るたびに、そういう気持になりますの。

ファウスト　なにも、あいつをこわがることはない。

マルガレーテ　あの方がいらっしゃると、わたし、血が騒いできますの。
わたしはいままで、どなたをだって悪く思ったことはありません。
けれど、あなたにお逢いしたくてたまらない気持でいながら、
わたし、あの方のことを思うと、なんだかぞっとしますの。
それにあの方はなんだかいけない人じゃあるまいかという気もします。
ああ神さま、どうぞお許しください、こんなことを言って、あの人に根も葉もない疑いを
　かけていますなら。

ファウスト　世の中には、あんな変り者もあっていいのさ。

マルガレーテ　わたし、ああいう方と、とてもつきあう気にはなれません。
家へお見えになるときでも、
いつも人を馬鹿にしたような顔つきをして。
それに、何かにおこっているように見えますわ。
どんなことにも親身な気持になれない人なのでしょう。
人間を誰ひとり愛せない人だってことは、
ちゃんと顔に書いてありますわ。
わたしは、あなたの胸にすがっていると、それはたのしい、
やすらかな、何もかもおまかせしきったような、ほのぼのとした気持になりますの。
けれど、あの人がくると、胸がしめつけられるようになってきます。

ファウスト　心配性の天使だね、おまえは。

マルガレーテ　そういう気持に、わたし、すっかり負けてしまいます。
ですから、あなたと二人きりでいるところへ、あの人が来ようものなら、
わたし、なんだか、あなたとの間さえ、少しうとうとしくなってくるような気がしますの。

3490

それに、あの方がそばにいると、わたしどうしてもお祈りをすることができなくて、
それが、とてもつらいのです。
あなただって、同じ気持でしょう。

ファウスト　つまり性《しょう》が合わないんだな。

マルガレーテ　わたし、もう家へ帰らなくちゃ。

ファウスト　ああ、ただの一時間も、
やさしいおまえのふところにやすらって、
胸と胸、心と心を触れあわすことはできないのか。

マルガレーテ　ああ、わたし、いつもひとりで寝《やす》むのだったら！
それなら、わたし今夜錠を掛けないでおくのだけれど。
でも、お母さんは眼ざといんですの。
もし見つかりでもしようものなら、
わたし、その場で死んでしまうわ。

ファウスト　おまえ、そのことならわけはないよ。
さあ、この小壜《こびん》だ。ほんの三滴、
お母さんが飲みつけているもののなかへたらしておけば、
いい気持にぐっすり寝こんで、何もかもわからなくなるんだ。

マルガレーテ　あなたのためなら、わたしどんなことでもします。
けれど、毒にはならないでしょうね。

ファウスト　毒になるようなものを、ぼくがおまえにすすめると思うの。

マルガレーテ　あなたのお顔を見ていますと、
どうしてかわからないけれど、わたし、なんでもおっしゃるとおりにする気になってしまいます。
わたし、あなたのためにもういろいろなことをしてしまって、
このうえすることはもうあるまいと思っていたのに。

（去る）

メフィストフェレス登場。

メフィスト　ばかむすめが。行ってしまいましたね。

ファウスト　　　　　　　　　　また立ち聞きしていたのか。

メフィスト　いっさい拝聴しましたよ。
ドクトルに宗教入門の口頭試問でしたね。
いや、いい点がついたことでしょう。
女というものは、相手の男が昔風に
信心深くて素直かどうかということを、ひどく気にするものですよ。
宗教に頭をさげる男なら、自分の言いなりになると思ってね。

ファウスト　外道《げどう》に何がわかるか。
この誠実な、やさしい娘は、
信仰で胸がいっぱいになっていて、
ただそれだけで祝福をさずかっているから、
もしや愛する男が邪道におちているのではあるまいかと、

心の底から案じているのだ。

メフィスト　いやはや。そんな色気ぬきのことを言いながら、中身は色気たっぷりときている。
小娘に鼻毛を読まれますよ。

ファウスト　泥と火から生まれた片輪者め。

メフィスト　それにあの娘は人相見の名人だ。
わたしと顔を合わせると、なんだか変な気持になってくるという。
つまりこの面構えから、腹の底を読み取るんだな。
わたしがただ者じゃないことを、あの娘は感づいているんだ、
ことによったら、悪魔だとね。
いよいよ今晩ですね。

ファウスト　　　大きなお世話だ。

メフィスト　いや、こっちもうれしいんですよ。

井戸のほとり

グレートヒェンとリースヒェン、水がめを持って。

リースヒェン　あんた、バルバラのこと、聞いた？

グレートヒェン　なんにも。わたし、めったに人なかへ出ないんですもの。

リースヒェン　ほんとうの話よ。ジビレに今日聞いたの。
とうとう笑われ者の仲間入りをしたんだって。
お上品ぶっていたあげくにさ。

グレートヒェン　　　　　　まあ、どうしたの？

リースヒェン　　　　　　　　　　　　　虫ずが走るわ。
いまじゃ何でも二人分だって。飲むものも食べるものも。

グレートヒェン　まあ。
リースヒェン　こうなったのも、あたりまえねえ。
ずいぶんまえから、あの男がそばにいなかったためしはない。
やれ散歩だ、
遠足だ、踊りの会だのと、
行く先々で、女王さまに仕立てあげられて、
パイの葡萄酒のとチヤホヤされる。
だから、自分でもたいへんな美人のように思い上がって、
男から何をもらっても、
あたりまえと思うくらいに恥知らずになっていたのね。
そして、抱きついたり、なめあったりしたあげくに、
花が散ったというわけね。
グレートヒェン　かわいそうに。
リースヒェン　かわいそうに思うことなんかないじゃないの。

だって、わたしたちは、糸車につきっきりで、
夜は夜で、お母さんが外へ出してくれないでしょう。
それなのに、あの人は男に逢って甘えていたのよ。
戸口のベンチや、暗い廊下の隅で、
時のたつのも忘れていたのね。
だから、今度は小さくなって、
罪のじゅばんを着せられて、懺悔の席に据えられるのがあたりまえよ。

グレートヒェン　その男のひと、きっとお嫁にもらうでしょう。

リースヒェン　誰がそんなことするもんですか。すばしっこい若者なら、
ほかにいくらでも、ちゃんとした相手が見つけられるわ。
それにもう逃げてしまったのよ。

グレートヒェン　それはひどいわ。

リースヒェン　もし結婚なんてことになったら、みんな黙っちゃいないわ。
あのひとの花かんむりを若い男たちは引きちぎるし、

わたしたちは戸口に切りわらを撒いてやるわ。（去る）

グレートヒエン　（家へ帰りながら）　いままでは、よその娘が何か間違いでもすると、
わたしも、どんなに元気よくけなしたことだろう。
ひとの罪が話の種となるときは、
いくらしゃべってもしゃべり足りないくらいだったわ。
ひとのしたことが黒く見える。その黒さが
足りないので、いっそう黒く塗り立てたのだわ。
そして自分は高見の見物で、えらそうにしていた。
それなのに、いまは自分がおなじ罪でもがいている。
けれど――そうなるまでの道筋は、
ああ神さま、なんとよかったことだろう。うれしかったことだろう。

3580

市壁の内側に沿った小路

市壁にえぐられた龕《がん》に聖母受苦像。その前に花瓶。

グレートヒエン （新しい花をその瓶に挿す）

痛み多いマリアさま。
どうぞお恵み深く、わたくしの苦しみに
お顔をお向けくださいまし。

お胸を刃《やいば》につらぬかれ
あるかぎりの痛みをお受けなされて、
御子《みこ》の死をみそなわしていらっしゃいます。

父のいます方《かた》を見上げて、

御子とご自身の苦しみのために
嘆きの声を空へお送りなさいます。

誰が察してくれましょう。
骨身をえぐる
この痛みを。
わたしのあわれな心が何におびえ、
何におののき、何をねがっておりますか、
それをご存じなのは、あなたばかりでございます。

どこへまいりましても、
わたくしの胸のここが、
どんなにせつなく、せつなく、せつなく、痛むことでございましょう。
ひとりきりになりますと、
胸も裂けよと、
泣いて、泣いて、泣きとおします。

窓のまえの植木鉢を
わたくしは涙で濡らしました。
あなたにお供えしようと、
今朝早くこの花を折りましたときに。
朝の日があかるく
わたくしの部屋にさしてくるとき、
わたくしは悩みに堪えきれずに
もう起きて床《とこ》にすわっておりました。

お助けください。恥と死から逃れさしてくださいまし。
痛み多いマリアさま。
どうぞお恵み深く、わたくしの苦しみに
お顔をお向けくださいまし。

夜

グレートヒェンの家の前の通り。
グレートヒェンの兄、兵士のヴァレンティン、登場。

ヴァレンティン　みんなと付き合って飲んでいると、
めいめい自慢話に花を咲かせる。
町のきれいな娘たちを
声高《こわだか》にほめたてて、
それを肴《さかな》にコップをかさねる。
そういうとき、おれは頬杖をついて、
落ち着きはらって、
みんなの駄弁に耳を貸し、
笑って、ひげを撫でている。

さて、なみなみとついだコップを手にとって、
おれは言う。「そりゃ、だれにも取り柄はある。
だが、国じゅう探しあるいても、
おれのかわいいグレーテルにくらべられるやつが、どこかにいるか。
おれの妹の足もとにでも寄りつけるのがいたら、お目にかかりたい」と。
「そうだ、そうだ」チャリン、チャリン、いっせいにコップがかちあう。
「そのとおり、あの娘《こ》は
女性の飾りだ」と大勢の声が起こる。
ほかの娘をほめたやつらは、それなり黙ってしまったものだ。
ところがどうだ、この頃は。——髪をかきむしっても、
壁を駆けのぼっても、腹の虫がおさまらぬ。
顔を合わせるたびに、恥知らずなやつどもが、
みんなおれに当てこする。鼻にしわを寄せては嫌味をいう。
おれは不義理な借金でもしているように小さくなって、
なにげなくひとが口にする言葉の端にも冷汗をかかねばならぬ。
十ぱひとからげにやつらをなぐり倒してやりたいが、
嘘つきときめつけることができないのだ。

や。何者だ、足音を忍ばせてやって来るのは。
おれの目に狂いがなければ、二人連れだな。
あいつなら、ひっつかまえて、
生かしちゃ帰さんぞ。

ファウスト、メフィストフェレス。

ファウスト　あすこの教会の祭具室に
常夜燈がともって、窓の上のほうだけが明るいが、
光は窓を遠のくにつれてしだいに弱くなり、
ついには闇に呑まれてしまう。
ちょうどそのように、おれの胸のうちは真っ暗だ。

メフィスト　ところがわたしは、非常梯子から外に抜け出して、
石塀ぞいにあるいている
さかりのついた猫のような気持ですね。
良心を道連れにして、くよくよなんかしていない。

ちょっぴり泥棒根性とちょっぴり助平根性があるだけだ。
じつはもう、身体じゅうがぞくぞくしている。
ワルプルギスの夜の楽しみが近いのでね[*1]。
もう明後日《あさって》だ。
その夜になれば、いや応なしに夜っぴて大騒ぎせずにはいられないのですよ。

ファウスト　何かあすこにチラチラ光っているな。
宝が土のなかから迫《せ》り上がってくる[*2]のかな。

メフィスト　ええ、もうすぐですよ、
あなたが大喜びでその鍋を持ちあげるのもね。
こないだ、ついでにちょっと覗いてみたが、
中には、獅子の紋章入りの金貨がどっさりありましたぜ。

ファウスト　あの娘《こ》が身につける
宝石や指輪のようなものはないか。

メフィスト　そんなのもありましたぜ。
なんだか真珠をつないだ紐のようなものがね。

ファウスト　それで結構。贈り物も持たずに
あれのところへ行くのは、気がさすからな。

メフィスト　もうただでご馳走にありついても、
そんなに気に病むことはありますまいがね。
さて、空いちめんに星も出揃ったからには、
ひとつほんとうの芸術をお耳に入れましょう。
わたしはあの娘《こ》に教訓的な文句をうたってやる、
このほうがいっそう迷わせるのですよ。

（ツィターに合わせて歌う）

かわいい男の門口で、
夜の明けかかるいま時分《じぶん》、
カタリナ、おまえは

何していやる。
およしよ、およし。
門を入るときゃ
むすめでも、
むすめの身では帰られぬ。

気をおつけ。
すんでしまえば
さようなら、
あわれな、あわれな娘たち。
わが身いとしと思うなら、
花ぬすびとに
油断すな。
指輪をはめてもらうまで。

ヴァレンティン　（歩み出る）　こら、誰をおびき出すつもりだ、不埒なやつめ。
音楽じかけのいかさま師。

まずそのギターをぶちこわし、
それから弾手《ひきて》を真っ二つだ。

メフィスト　やあ、ツィターが割れた。もう使いものにならん。

ヴァレンティン　今度は頭をぶち割ってやるぞ。

メフィスト　（ファウストに）ドクトル、退《ひ》いてはいかん。しっかり。
ぴったりわしにくっついて、わしの言うとおりにするんだ。
さあ、腰の物を抜いた、抜いた。
どんどん突くんだ。受けるのはこっちが引き受けた。

ヴァレンティン　これでも受けるか。

メフィスト　受けないでどうする。

ヴァレンティン　これでもか。

メフィスト　なんの。

ヴァレンティン　相手は悪魔か。
こりゃどうだ。もう手がしびれた。

メフィスト　（ファウストに）　そら、突け。

ヴァレンティン　（倒れる）　残念！

メフィスト　これでおとなしくなりました。
だがぐずぐずしちゃいられない。すぐ消えなくちゃ。
もう金切り声を立てている。
わっちは警察をあしらうことはお手のものだが、
神を引き合いに出す重罪裁判は苦手《にがて》だから。

マルテ　（窓から）　大変です。誰か来て。

グレートヒエン　（窓から）　あかりをはやく。

マルテ　（同上）　喧嘩です。斬り合いです。

群集　やあ。あすこに一人やられている。

マルテ　（出てくる）　殺した人は逃げましたの？

グレートヒェン　（出てくる）　倒れているのはだれ？

群集　おまえのおっ母さんの息子だ。

グレートヒェン　神さま。ああ、どうしよう。

ヴァレンティン　おれは死ぬ。おれは口も早いが、
手はもっと早かった。
おい、女たち。なんでそんなところに突っ立ってわめいているんだ。
こっちへ寄って、おれの言うことを聞いてくれ。

（皆、彼をとりまく）

おい、グレートヒェン。おまえはまだほんの子どもで、
世間のことは何にも知らない。
それでへまをするんだ。

おれは、人には言えないことをおまえにはぶちまけて言うがな、
おまえはもう売女《ばいた》になりさがったんだ。
それが分相応のところだろう。

グレートヒェン　兄さん！　ああ、神さま、なんてことをいうの。

ヴァレンティン　よせ、冗談にも神さまなんか持ち出すのは。
出来たことは取り返しがつかない。
これから先も、なるようにしかならないだろう。
はじめはこっそり一人の言いなりになっていたが、
そのうち相手の数がふえて、
五人になり十人になってくると、
もう町じゅうのなぐさみものだ。

恥の種を宿すとな、
人目を忍んで生みおとす。
そして闇の衣を

すっぽりとそれにかぶせる、
いや、できれば殺してしまいたいくらいだ。
だが、そいつは、育って大きくなると、
真っ昼間でも人なかに出て行く。
と言って、べつにみてくれがよくなったからじゃない。
恥というものはな、二目《ふため》と見られない顔になればなるほど、
よけいにそれを人に見せつけたがるものなのだ。

おれはもうそのときのことが目に見える。
町の堅気な人たちはみんな、
疫病の死骸でもよけるように
売女《ばいた》のおまえをよけて通るのだ。
みんなにじろじろ見られると、
おまえは心臓がちぢむだろう。
もう金の鎖なんかつけられない。
教会でも祭壇のそばには立てない。
きれいなレースの襟飾りをして

踊りを楽しむこともできない。
暗いみじめな片隅で
こじきやかたわの仲間入りだ。
そしてよしや神さまはお許しになっても、
一生世間からは爪《つま》はじきだ。

マルテ　おまえさん。神さまにお願いして、自分の魂を救ってもらいなさい。
人をそしって、このうえ罪を重ねるつもり？

ヴァレンティン　へん、恥知らずの取持ち婆め。
おまえのひからびた身体《からだ》をへし折ってやりたい。
そうすりゃ、おれはたっぷり、
罪ほろぼしができるのだ。

グレートヒエン　兄さん、よして。ああ、何ということになったのだろう。

ヴァレンティン　よせ、涙なんか流すのは。

おまえが名誉を棄てたとき、
おれの胸はいちばんの深手を負ったんだ。
おれは立派に死んで、神さまのところへ行く、
軍人として、誇り高く。（死ぬ）

＊1　二五九〇行注参照。その夜を明後日に控えていることで、この場面の日付のいつかがわかる。前にグレートヒェンが摘んだのがアスターで、それは秋の草花であるから、これがファウストとグレートヒェンとの出会いの次の年であることは、ほとんど疑いがない。

＊2　民間の信仰によると、地中に埋められた宝は、だんだんせり上がってきて強く輝き、幸運な者がそれを発見するという。

聖　堂

ミサ。オルガンと合唱。
グレートヒェン、大勢の人のなかにいる。彼女のうしろに苛責の霊。

苛責の霊　なんという変り方だ、グレートヒェン。
まだ罪も汚れも知らず、
この祭壇の前に出て、
親ゆずりのすり切れた祈禱書をひらき、
もつれる舌で、讃美歌をうたったのは、
なかばは無邪気な子供のおまえ、
なかばは心に神をやどしたおまえだったのだ。
グレートヒェン！
おまえの分別はどうした。

3780

おまえの胸には、
なんという罪のかたまり。
おまえはおまえの母の霊のために祈るのか。その母は、
おまえの手にかかって、長い長い業苦を受けに、あの世へ旅立った[*1]のだぞ。
おまえの家の閾《しきい》は誰の血でよごされたのか。
そのうえおまえの胎内には、
早くもうごめくものがあって、
不吉な予感と動かしがたい存在とで
おまえを悩まし、みずからも悩んでいるのだぞ。

グレートヒェン　ああ、せつない、せつない。
逃げ出したい。この思いを振りはらうことはできないものか、
胸のなかを行き来して、
わたしを責めるこの思いを。

合唱
　怒リノ日ニハ、ソノ日ニハ

世界ハ鎔ケテ灰トナラン。

（オルガンの音）

苛責の霊　神の怒りがおまえを襲う。
ラッパが鳴る。
墓という墓がふるう。
そしておまえの魂は、
死の灰の沈黙から
焔の苛責へと
掻きたてられて
おののくのだ。

グレートヒェン　ここを出たい。
オルガンの音が
わたしの息をとめ、
心臓は、あの歌声に
ずたずたに引き裂かれる。

合唱
　カクテ裁キノ司座《ツカサ》ニツケバ
　　隠レシハミナ顕ハレ、
　一トシテ報復ヲノガルルハナシ。

グレートヒェン　ああ、胸がくるしい。
石の柱が
締めつける。
円天井が
圧しつける。——もう、息ができない。

苛責の霊　いくらおまえが隠れても、
罪と恥は隠しおおせぬぞ。
外気にさらされたいのか。光に射すくめられたいのか。
呪われたものよ。

合唱
哀レナル我、ソノトキ何ヲカ言ハン。
イカナル人ノ護リヲ乞ハン。
正シキ者スラ安カラザルニ。

苛責の霊　光をうけた者たちは
おまえから顔をそむける。
おまえに手を差し出そうとして、
清浄な者たちは身ぶるいする。
呪いに砕かれるものよ。

合唱
哀レナル我、ソノトキ何ヲカ言ハン。

グレートヒエン　お隣のおばさん。その瓶のお薬を。
（失神して倒れる）

＊1　グレートヒェンは、ファウストから渡された睡眠薬を母に飲ませ、その誤用または多用によって母は死んだ（ウィトコウスキーは、睡眠薬の利用は一度にとどまらなかったろうと言っている）。したがって母は臨終の聖餐礼も受けず、煉獄の長い責苦に逢うのである。

ワルプルギスの夜

ハールツ山中、シールケとエーレント（貧乏村）の近く。
ファウスト、メフィストフェレス。

メフィスト　どうです。箒の柄でも欲しくなりゃしませんか。
わたしもめっぽう強い雄山羊にでも乗せてもらいたくなった。
まだこの道をよほど歩かなくちゃならんのだから。

ファウスト　おれは、この足の疲れぬかぎりは、
枝葉をはらったこの曲り杖でたくさんだ。
道を急いでみたところで、どうなるものか。
谷々の九十九折《つづらおり》を一足一足たどり、

さてこうして岩の上に立てば、
絶えまなくほとばしっている泉がおれたちを迎える。
これがこういう山道を行く楽しみだ。
春はもう白樺の木立に息づき、
樅《もみ》さえ春の訪れを感じている。
おれたちの手足にも春のはたらきかけぬはずはあるまい。

メフィスト　いやまったく、そんなものは、こちとらはちっとも感じませんなあ。
わたしの身のうちはまだ冬景色だ。
いっそこの道に霜や雪があればいいと思うくらいです。
ほら、悲しげに片割れ月が、
熱っぽい赤い色をして、遅ればせに昇ってきた。
だが、おぼつかない照らしようなので、一足ごとに
樹や岩に突きあたりそうだ。
ごめんなさい、鬼火をひとつ傭いますから。
あすこに一つ来た、陽気に燃えていますよ。
おい、兄弟。おいらのほうに来てもらおうか。

なんだってそんなにひとりで無駄に燃えているんだい。
ひとつ頼むから、その明りでこの上り道の案内をしてくれないか。

鬼火　せっかくの旦那の仰せだから、わたしの気軽な性分を
なるたけ抑えつけるようにしてみましょう。
ですが、稲妻型に歩くのが、わたしの癖でしてね。

メフィスト　おい、おい。こいつ、人間たちの真似をするつもりか。
いいか。悪魔の名を思い出して、まっすぐに歩くんだ。
そうしないと、その命の火を吹き消してやるぞ。

鬼火　お見それしましたが、本家の旦那のようで。
そりゃせいぜいおっしゃるとおりに致しましょう。
ですがね、旦那。きょうはお山はどこも無礼講の、乱痴気騒ぎですよ。
そこへ鬼火に案内役のお申しつけときちゃ、
あんまりやかましいことはおっしゃるものじゃありませんぜ。

ファウスト、メフィスト、鬼火　（交互に歌う）

夢の国、不思議の国に、
いつとはなしに踏み入ったか。
さあ、案内はよろしく頼んだ。
ひたむきに先をめざして、
この荒れた場所を過ぎ行こう。

見るがいい。樹々また樹々と、
あらわれては飛び過ぎる。
さては傾く懸崖、
突き出す岩鼻、
いびきも高く雲を吐く。

石を洗い、草を分け、
谷川、小川は流れゆく。
いま聞こえるは、せせらぎか、歌声か。
思いをこめた恋のなげきか。

こよなき日々の思い出か。
ああ、われらは望み、われらは愛する。
そしてこだまは、遠い代の
伝説《いいつたえ》に似て、ひびきわたる。

ホーホ、シューフと声が近づく、
フクロウ、タゲリ、カケスなど。
まだ眠らずに鳴きつづけるか。
草むらくぐるはイモリの類か。
長い足、ふとい腹、
樹々の根は大蛇《おろち》のように
岩と砂からうねり出て、
不気味に匐《は》いずり、
われらをおどし、われらに迫り、
生きてうごめくその木瘤《きこぶ》から
水母《くらげ》なす足を伸ばして、
道行く者に捲きつくのだ。また

色とりどりの野ねずみは、群れをなして、
苔のなか、千草のなかを駆け抜ける。
火の粉にも似た螢の群れは、
飛びつどい、飛びみだれて、
旅人われらをさそい、まどわす。

だが言ってくれ、いったいおいらは
とまっているのか、進んでいるのか。
一切合財ぐるぐる廻っているらしい。
しかめ顔する岩や樹も、
得意げに飛ぶ鬼火らも。
鬼火はしだいに殖《ふ》えてくる。

メフィスト　わたしの上着の端にしっかりとつかまっていてくださいよ。
ここがつまり中の峰で、
深い谷間《たにあい》にマモン〔黄金〕が輝いているのがよく見える。
どうです。びっくりするでしょうが。

ファウスト　なるほど、不思議な光が谷いっぱいにきらめいているな。
朝焼けに似たほのかな色だ。
それが奈落の喉の
奥にまでとどいている。
あすこには湯気が立ち、むこうにはガスがたなびく。
靄《もや》と霞のなかから焰がひらめく。
それは細い糸のようになって這うかと思うと、
たちまち噴水のようにほとばしる。
幾百の筋となってからみあい、
長い狭間《はざま》を埋めつくす。
と、隅々に追いつめられて、
たちまちちぎれちぎれになる。
そこですぐまた火花となって飛び散る、
金の砂を撒くように。
だが見るがいい、あの絶壁は
頂上かけて一面の火におおわれているではないか。

メフィスト　今夜のまつりのために、
マモン[*1]〔黄金の主〕が、思いきり豪奢に宮殿を照明したのかも知れませんね。
これがごらんになれて、あなたは運がよかった。
だが、もう騒々しい客たちがそこまで押しかけて来たらしい。

ファウスト　どうだ、この狂ったような風は！
首筋にひどい力で打ちつけてくる。

メフィスト　その古岩のあばら骨にしっかりつかまっていてくださいよ。
そうしないとあの谷底へ吹き落とされてしまいますぜ。
霧が立って闇がいっそう濃くなってきた。
どうです、あっちこっちの森がメリメリいっている。
びっくりしてフクロウが飛び立つ。
ほら。とわに変わらぬ緑の宮殿を
支える柱がくだけるのだ。
大枝がきしむ、折れる。

ものすごく幹がうめく。
根が裂けて、口をあける。
どれもこれもすさまじい音を立てて、
倒れあい、かさなりあうんだ。
その残骸で埋った谷を、
風がピュウと吹き狂う。
ところで、ほら、声が聞こえましょう。高みから、
遠くから、近くから。
そうです、山全体を揺るがして
狂乱の魔の歌い手たちが寄せてくるんです。

魔女たち（合唱）
　魔女さまたちがブロッケン山へお出ましだ。
　切株は黄いろ、芽はみどり、
　そこへ大ぜい寄ってくる、
　ウーリアン[*2]さんが音頭取り。
　木の根、岩かど越えてゆく。

魔女は〔へ〕をひる、雄山羊は〔く〕さい。

声　バウボ婆さん[*3]がひとりで来たよ、
はらみ豚に乗って来たよ。

合唱
これは、これは、ようこそお出で。
バウボおばごに先達《せんだつ》頼もう。
豚は頑丈、乗り手はおばご。
魔女は残らずついて行く。

声　おまえ、どっちの道から来たの？

声　　　　　　イルゼンシュタイン[*4]の岩を越えて。
通りがかりにフクロウの巣をのぞいたの。
そうしたら大きな目玉がふたつ。

声　　　　　あぶない、ちきしょう。
なんだってそんなに飛ばすの。

声　あいつ、わたしを引っ掻いたよ。
このきずをごらん。

魔女たち　（合唱）
道はひろい、先は遠い、
あわてて揉み合うことはない。
火掻きは突っつく、ほうきは引っ掻く、
腹の子はつぶれる、お母《かあ》ははじける。

男の魔　（半数合唱）
おいらはデデムシ、殻《から》を背負《しょ》ってあるく。
女はみんな先いそぐ。
悪魔のお宿へ行くときにゃ、
女は飛び出す、千歩も先へ。

他の半数

　わしらはそれをとやかくいわぬ。
　千歩行こうが、女は女。
　どんなに女が急いでも、
　ひと跳びすりゃ男が先だ。

声（上で）　こっちへおいでよう、おいでよう、岩にかこまれた湖のところにいるひとたちも。

声（下から）　わたしたちも、高いところへ行きたいのよう。
いつも水浴びして、からだを洗って、こんなに肌が光っているの。
けれど一生子どもは生めないわねえ。[*5]

男女双方の魔の合唱
　風はやんだ、星はかたむく。
　濁った月はかくれたがる。
　魔の合唱が声をあげれば、
　空いっぱいに火花が散る。

声（下から）　おおい、おおい。待ってくれ。

声（上から）　岩の裂け目から呼ぶのは誰だい。

声（下で）　おれもいっしょに連れてってくれ、連れてってくれ。
おれはもう三百年というもの登りつづけているんだが、
まだ頂上に行き着けないんだ。
仲間といっしょになりたいんだ。

双方の合唱
　ほうきにも乗れる、杖にも乗れる、
　火掻きにも乗れる、雄山羊にも乗れる。
　きょう上がれぬやつは、
　いつになっても上がれぬやつだ。

半魔女（下で）　わたし、ずいぶんまえから、せっせと追っかけているんだけど、みんなもうあんなに遠くへ行っちゃったわ。
家にはじっとしていられないし、
ここまで出て来てみたけれど、やっぱり思うようにいかないわねえ。

魔女たちの合唱
わたしたちは薬を塗りこめば速さが出る。
ぼろきれ一つで帆が出来る。
どんな桶でもよいお船。
きょう飛ばなければ、飛ぶ日はないぞえ。

双方の合唱
こちとらは山を飛んで行くから、
おまえたちは地べたを匐《は》え。
そして見わたすかぎりのこの荒野を
魔性のもので埋めるがよい。
（半魔女たち、地に腰を下ろす）

メフィスト　押しあったり、へし合ったり、突き退けたり、ぶつかり合ったり、
しゅっしゅっと飛んだり、くるくるとまわったり、引っぱったり、ペチャついたり、
光ったり、火を噴いたり、くさい匂いを出したり、燃えあがったり、
これが正真正銘の魔女の世界だ。
ぴったりわたしにくっついていてくださいよ、うっかりしてると、すぐはぐれてしまうか
ら。
どこです？
ファウスト　（遠くから）　ここだ。
メフィスト　　　　おや、もうそんなところへ押しこくられたんですか。
これじゃちょっと大名風を吹かさざあなるまい。
退《の》いた。フォーラント[*6]若さまのお通りだ。退いた、ものども。退いた、退いた。
さあ、先生。つかまってください。これでひと跳びに
この群集から抜け出しましょう。
これじゃひどすぎる。わたしらでさえ辟易《へきえき》だ。
おや、あそこから変わった光がさしてくる。
なぜか知らんが、惹きつけられる、あの繁みの蔭に行ってみたい。
さあ、いらっしゃい。あそこへもぐりこみましょう。

ファウスト　そら、つむじ曲がりの癖が出た。いいわ。どこへでも連れて行きたまえ。
だが、じっさい立派なやり口だ。
ワルプルギスの夜、ブロッケンの頂上めざしてやって来たのに、
わざわざここで横道へそれるとは。

メフィスト　まあ、ごらんなさい。色とりどりの火が燃えている。
愉快な連中の寄り合いだ。
小さな世界にはいりこみゃ、ひとりぼっちにゃなりませんよ。

ファウスト　だがおれは、あの上のほうへ行ってみたいなあ。
ここからも火とうずまく煙がよく見える。
大ぜいが魔王のところへ集まるのだ。
あそこへ行けば、いろんな謎が解けるだろう。

メフィスト　ところがまた新しい謎が生まれてくる。

まあ、大きな世界のほうは勝手に騒がしておきなさい。
わたしたちはここでしんみりと落ち着きましょうや。
大世界のなかにいくつもの小世界が出来るのは、
なんといっても、むかしからの慣わしですよ。
そこで、まずお目にかかるのは、若い魔女たち。これはごらんのとおりまる裸だ。
それから齢をとった魔女たちは、さすがに巧者にからだをつつんでいる。
まあ、わたしにだまされたと思って、やさしくしてやってごらんなさい。
労は少なく、たのしみは多しですよ。
おや、何か弾《ひ》いているようだな。
やあ、これはたまらん。こいつを聞いているのはよっぽど辛抱が要る。
さあ、いらっしゃい、いらっしゃい。乗りかかった舟だ。
わたしが案内して、あなたを引き合わせ、
新しいご縁結びの橋渡しをする。——
どうです。狭いどころじゃないでしょう。
向うの端《はし》が見えないくらいだ。
焔がずっと百もならんでいる。
踊ったり、しゃべったり、煮たり、飲んだり、いちゃついたり、どんなもんです、こんなにいいところがよそにありますか。

ファウスト　それで、なにかい。ここで名乗りをあげるのに、
君は魔法使いで行くのかい、悪魔で行くのかい。

メフィスト　いや、わたしはたいていお微行《しのび》なんだが、
晴れの日には、誰しも勲章をぶらさげたがる。
ガーター勲章をひけらかしても、ここではさっぱり効能がないが、
蹄《ひづめ》のついた馬の足なら、たいへんな威力を発揮する。
ほら、ごらん。カタツムリがせっせとこっちへ寄って来ます。
あの触角《つの》で、もう、
わたしがただものではないことを、嗅ぎつけたんですね。
ここじゃ、とても素性は隠せない。
さあ、ついていらっしゃい、焚火から焚火へまわりましょう。
わたしが媒介者《なこうど》で、あなたが求婚者だ。

（消えかかった炭火をかこんでいる数人に）

どうです、ご老人がた。こんな隅っこで何しています？
ずんと真ん中へ出て、
若いやつらのどんちゃん騒ぎの仲間入りをなさればいいに。
しょんぼりしていることは、家《うち》でだってできますからね。

将軍

国のためにどれほど功を立てたところで、
けっきょく、国民は頼りにならんものじゃ。
民心というのは、女どもと同じことで、
いつも若いやつばかりをもてはやすて。

大臣

現代は正道からはずれている。
もとの時代の人たちは立派なものだった。
まったく、われわれが誰より重んじられていたあのころが、
真の黄金時代というものだった。

俄《にわ》か富豪
　わしらもまるまるの馬鹿じゃなかったから、
　ずいぶん、してはならぬこともしました。
　ところがわしらが正直者になって、これまでに手に入れたものをしっかり守っていこうとしたやさき、
　世間はどんでん返しになりました。

著作家
　穏健中正で内容のある書物を、
　いまどき誰が読むものですか。
　青年層がこれほど生意気になったことは、
　これまでについぞなかったことですよ。

メフィスト（たちまち老いさらぼうたふうを装う）　いや、世も末になって最後の審判も遠いことではありますまい。
　わたしもブロッケンへ暇乞いに登ってきたようなわけで。
　わたしの樽の酒も残り少なになって濁ってきたところを見ると、

4090

世の中も夕暮れ間近になりましたなあ。
古道具を売る魔女　さあ、みなさん。ちょっとは寄っていくものですよ。
こんないい折りを逃がしちゃご損。
ようく品物をごらんください。
いろんな物が揃えてあります。
といってわたしの店は、
そこらにざらにある店とは違います。
人間たちや世の中にどえらい害をおよぼさなかったようなものは、
一品だってありませんよ。
短刀は血の味を知っているものばかり、
杯は、みるみるうちに命を奪う毒薬を
病気ひとつしたことのない丈夫な身体《からだ》に注ぎこんだという代物《しろもの》が揃っている。
おしとやかなご婦人がたをたらしこんだことのない飾りの品もなければ、
裏切りに使われなかった刀、邪魔な相手を
うしろからぐさりとやらなかったような刀もありませんよ。

メフィスト　おばさん、あんたは時勢を知らんね。
昔のことは過ぎたこと。過ぎたことは済んだことだ。
何でも新式のものをあきなうようになさい。
新式のものでなきゃ、誰もふり返りはしないよ。
ファウスト　どうも、何もかもわからなくなりそうだ。
これじゃ歳《とし》の市も同然じゃないか。
メフィスト　この人出が、みんな上へのぼろうとして渦を巻いているんです。
あなたも、押してるつもりが、押されているんですよ。
ファウスト　誰だい、あれは？
メフィスト　　ようく見ることですな。
リーリト[*7]ですよ。
ファウスト　誰だって？
メフィスト　　アーダムの最初の女房です。
あのきれいな髪に用心なさいよ。

あれがあの女のこの上ない自慢の種で、
あれで若い男をつかまえたが最後、
めったなことでは放しませんからね。

ファウスト　あすこに二人すわっているな、年寄と若いのが。
踊り疲れて休んでいるのだろう。

メフィスト　今夜は休みなんかあるものですか。
ほら、また踊る気だ。いらっしゃい。つかまえましょう。

ファウスト　（若いほうの美女と踊りながら）
いつかうれしい夢を見た。
一本林檎の木があって、
人の目を惹く実が二つ。[*8]
それがほしさに木に攀《よ》じた。

美女

林檎は天国のむかしから、
みなさんがたの大好物。
女に生まれた果報には、
わたしの庭にも二つある。

メフィスト　（老女と踊っている）
いつかおかしな夢を見た。
割れ目のついた木が見えた。
それに〔大きなあな〕があり、
〔大きい〕けれど気に入った。

老女
足に蹄《ひづめ》のあるお方、
ようこそわたしを選ばれた。
〔大きなあな〕でもよいならば、
〔栓《せん》〕の用意をなされませ。

幽霊臀《でん》部《ぶ》起原論者＊9　不埒なやつめら。けしからん真似をしおる。
幽霊に尋常の足がないということは、
とっくに貴様らに証明してやったことじゃないか。
それなのに、貴様らがわれわれ人間なみに踊るとは。

美女（踊りながら）　あのひと、何しに来たんでしょう？　わたしたちの舞踏会に。

ファウスト（踊りながら）　あれかい？　あれはどこへでも出しゃばるやつだ。
人が踊ると、けちをつけずにはおられない。
どんなステップにも口を出したがって、
自分が品評しなかったステップは、どんなステップでもステップでないと思っている。
いちばんあいつが機嫌を悪くするのは、ぼくらが前へ踏み出したときだ。
こういうふうに、ただひとところをぐるぐるまわっていれば、
あいつが自分の粉挽《こなひき》場でやってるのと同じだから、
まずはいいほうだ、などとくる。
とりわけ、なにとぞご高評を、などと持ち込めば、なおさらそうだ。

幽霊臀部起原論者　貴様ら、まだやっているのか。あきれはてたやつらだ。

消えてなくなれ。世の中はわれわれの手によって啓蒙されたんだぞ。

悪魔のやからは、てんからルールを守ろうとしない。

われわれはこんなに聡明になった。しかるに、まだテーゲルには幽霊が出る。[*10]

何年おれは迷信の塵を知性の箒《ほうき》で掃き出しているかわからん。

しかも、まだすっかりきれいにはならんのか。言語道断、あきれはてたものだ。

美女　うるさいわ。ここでそんなことを言うのはよしてちょうだい。

幽霊臀部起原論者　おれは、おまえら霊たちにこの宣言を叩きつけてやるぞ。

霊の独裁など断じて許さん。

わしの霊の言いなりになる代物《しろもの》じゃないからな。


（踊りは、かまわずつづく）

きょうは、どうもうまく行かんな。
だが、旅行はおれのお手のものだ。[*11]
それでおれの旅路の終りまでには、

悪魔と詩人をとっちめてやりたいものだ。

メフィスト　あいつめ、すぐにどぶ川に尻をつっこみますぜ。
そうやって気をまぎらすのが、あいつの流儀です。
そして蛭《ひる》があいつのおいどを嘗めはじめると、
幽霊と霊から解放されるのです。

（ファウストが踊りをやめたのを見て）

どうして、あんなきれいな娘を手放すんです。
踊りながらあんなに愛嬌のある歌をうたってきかせていたのに。

ファウスト　いや踊っている最中に、
あいつの口から赤い鼠が飛び出したんだ。

メフィスト　何でもないじゃありませんか。あんまりやかましいことを言っちゃいけない。
とにかく、ありきたりの、ねずみ色の鼠じゃなかったんだから。

二人で楽しもうというときに、野暮は言わないものですよ。
ファウスト　もうひとつ、おれの目についたものがあった――
メフィスト　何です?
ファウスト　メフィスト、あれを
見たまえ。あそこに
顔の青ざめた、うつくしい娘がひとり離れているだろう。
歩くにしても、ひどくのろのろしているところを見ると、
両脚が鎖につながれているのじゃないか。
じつを言うと、どうもあれが、
かわいいグレートヒェンに似ているような気がしてならない。
メフィスト　うっちゃっておきなさい。あんなものを見たって、気持が悪くなるばかりだ。
あれは影絵です。まぼろしです。生きていやしません。
相手にするのは、よくない。
あの凍った眼で見られると、人間の血も凍ってしまい、
全身石みたいになってしまう。

ご承知のメドゥーザ[*12]とおんなじです。

ファウスト　たしかに、あれは死んだ眼だ。
愛の手でつむらせてもらえなかった眼だ。
あの胸は、グレートヒェンがおれに捧げてくれた胸だ。
あのからだは、おれを陶酔させた甘美なからだだ。

メフィスト　まやかしですよ、あれは。そうすぐだまされちゃ困るじゃありませんか。
誰が見ても、あれは自分の恋人に見えるのです。

ファウスト　なんといううれしさだ、なんという切なさだ。
おれは、あの眼から目を離すことができない。
だが妙だな。あのかわいい首に、
一本赤い紐が巻いてある。飾りの紐かしら。
短剣のみねほどの幅だ。[*13]

メフィスト　そのとおり。わたしにも見えます。

あの女はいまに自分のあの首を小脇にかかえるかもしれない、
なにしろペルセウスに首をすっぱり斬られたんだから。[14]
そういつまでも妄想にかかりあっていたんじゃ困りますよ。
さあ、この丘を登りましょう。
ここはプラーター[15]みたいに面白いところです。
それにわたしの見まちがいでなけりゃ、
ちゃんと芝居までかかってる。
なんだね、出し物は？

世話好きの男　もうすぐ、次のがはじまります。
新作です。七本立ての狂言の最後のやつです。
盛り沢山にするのが、土地柄でしてね。
書いたのも素人なら、
舞台に出るのも素人ばかり。
ご免なさい、お相手をしている暇がなくて。
一座でわたしが幕をあける役ですから。

メフィスト　きみたち半可通にブロッケン山でご対面とは

よかった。ここはきみたちにしごく似合いの土地だからな。

＊1　地下の黄金。またその黄金を偶像化して「黄金の主神」の意にも使う。
＊2　北ドイツの悪魔の名。
＊3　女神デメーテルの侍女。女神がその娘をかどわかされて悲しんでいるとき、わいせつな冗談で、初めて女神を笑わせたという。それでここでは淫猥な魔女の名とした。
＊4　ハールツ山中のイルゼ川の谷に聳えるみかげいしの柱。
＊5　内部の真実を隠し、外飾を事としているために創造力を失った者への風刺が含まれていよう。
＊6　悪魔の古い名。
＊7　古ユダヤの伝説によればアーダムの最初の妻。中世には魔女として考えられた。
＊8　乳房を言った。
＊9　ベルリンの啓蒙主義者フリードリヒ・ニコライを当てこする。ニコライは、ゲーテやシラーの敵対者。ベルリン郊外のテーゲルにあるフンボルトの邸宅に幽霊が出るという噂が立ったとき、ニコライは現代に幽霊などはありえないとの講演をし、自分もかつて妖怪の幻覚に悩まされたが、それは鬱血のためで、臀部に蛭をはわせて血をとったら幻覚は全治したという経験談を語って、ロマン派詩人たちの失笑を買った。
＊10　前注参照。
＊11　ニコライが十三年にもわたって尨大な十二巻の『ドイツ、スイス旅行記』を、あきもせず書いたことを諷する。
＊12　ギリシアの女怪物。その眼で見られた者は化石になるという。英雄ペルセウスは、鏡を用

いながら、メドゥーザの首を切り落とした。

＊13　グレートヒェンが嬰児殺しの罪で打ち首になることを暗示している。その処刑を受けた者は、あの世へ行っても、頸のまわりに赤い筋がのこっていると伝えられる。

＊14　前々注参照。

＊15　ウィーンの有名な公園。遊園的な設備もある。

ワルプルギスの夜の夢　あるいはオーベロンとチターニア[*1]の金婚式

インテルメッツォ（間《あい》狂言）

道具主任

今日は、こちとらはまるで遊びさ。
ミーディング師匠[*2]の直伝《じきでん》の腕も振るえない。
大昔からの山と湿っぽい谷が、
そのまま舞台になるからね。

触れ役

金婚の祝いをしますには
五十年の歳月《としつき》を重ねなければなりません。
けれどお二人の夫婦喧嘩のおさまったのが、

わたしにはなおさらうれしい黄金《こがね》です。

オーベロン

これ妖精たち、わしのまわりにいるならば、
いまこそ姿を現わせ。
王と妃があらためて
二世の契りをかためるのだ。

パック

そこへパックがやって来て、
くるくるまわり、輪に踊る。
つづく妖精が何百何千、
いっしょに祝い、たのしみます。

アーリエル

アーリエルが音頭《おんど》を取って、
澄み徹《とお》った声でうたう。

それに誘われて間抜け顔もたくさん来るが、
きれいな方も寄って来る。

オーベロン
夫婦仲よく暮らしたければ、
わしたち二人を見習うがよい。
たがいに恋しがらせるには、
二人を分けておくにかぎる。

チターニア
夫がおこったり、妻がふくれたりするのを見たら、
すぐにつかまえて、
女は南、男は北の
果てまでやってしまうがよい。

管絃楽全奏　（最強音《フォルティシモ》）
ハエのくちばし、カの尖り鼻、

一家眷族《けんぞく》うち並ぶ。
葉にとまったカエル、くさむらのコオロギ、
これで楽師が揃いました。

独奏

さあ、まかり出た風笛《バッグパイプ》、
正体明かせばシャボン玉。
シュネッケ、シュニッケ、シュナックと、
平たい鼻して唸ります。

月足らずの妖精

クモの足、ガマの腹、
小さいなりだが羽もある。
そんな動物おりゃせぬが、
そんな小さい詩ならある。

不均合いの二人

妻は匐《は》う、夫は飛ぶ。
いっしょに蜜を採るのはむつかしい。
妻よ、いくらちょこちょこ歩いても、
おまえは空に上がれない。

どこへでも鼻を突っ込む旅行者[*3]

これは仮装舞踏会の悪ふざけか。
あろうことか、あるまいことか。
美しい神のオーベロンが、
この化けもの山にきょういるとは。

正教信者[*4]

爪もなけりゃ、しっぽもないが、
疑う余地はすこしもない。
ギリシアの神々同様に、
あのオーベロンも中身は悪魔だ。

北方の芸術家
　ぼくの手がけているのは、
　むろんまだ習作にすぎないが、
　いずれ機を見て、
　イタリア旅行に出かけよう。

保守良俗派
　いや、とんでもない所へ来たものだ。
　行儀も作法もあったものじゃない。
　これだけ大勢いる魔物のなかで、
　髪粉《パウダー》をつけているのはたった二人だ。

若い魔女
　やれ髪粉《パウダー》だ、やれスカートだとは、
　白髪《しらが》まじりのお婆さんにいうことよ。
　わたしゃ裸で雄山羊に乗って、
　肉づきのいいところを見せてやるのさ。

老婦人
わたしたちにはたしなみがありますから、
口喧嘩のお相手はいたしません。
けれど、できるものなら、お若いまま、
きれいなままで、齢《とし》とってごらん。

楽長
ハエのくちばし、カのとがり鼻、
裸の女にそんなに寄るな。
葉にとまったカエル、くさむらのコオロギ、
それ、お前らもタクトをはずすな。

風見の旗　(こちらを向いて)
さても見事なお集り、
嫁入りざかりの方ばかりだ。
男性諸君も、ひとりひとり、

4290

前途洋々の方々だ。

風見の旗　（あちらを向いて）

大地がぽっかり口をあいて、
やつらをみんな呑み込んでしまえ。
でなきゃ、こっちが駆け出して、
地獄へ飛びこむほうがましだ。

クセーニエン　（風刺短詩）

わたしたちは、小さい鋭いはさみをもった
昆虫になってやって来ました。
わたしたちのパパ、悪魔大王の
御意《ぎょい》にかなったはたらきをしようと。

ヘニングス[*5]

かぼそいやつらがこんなに隊を組んで、
たあいもないことを言い散らしている。

しまいにはこんなことも言い出しかねまい、
これでもおいらは気はやさしいのよと。

ムザゲート[*6]（詩の女神の長《おさ》）
いっそ、この魔女どもの群れのなかに
まぎれこんでしまいたい。
つまり、おれはミューズ〔詩の女神〕たちよりは、
魔女を指揮するほうが得意なのさ。

旧称「時代精神」[*7]
偉いやつの尻っぺたにつけば、出世ができる。
さあ、おれの着物の裾につかまるがいい。
ブロッケン山も、ドイツのパルナスも、
まだ頂上には、あきがあるから。

どこへでも鼻を突っ込む旅行者
あの反《そ》りかえった男は誰だい、

いばった歩き方をしているね。
四方八方に向かって鼻をくんくんいわせている。[*8]
「あれはイェズイット教徒を嗅ぎつけようとしているんさ。」

鶴[*9]

澄んだ川で魚をとるのは、大好きですが、
濁った川でも、かまいません。
だから、敬虔な人物が悪魔たちと付き合ったからといって、
べつに不思議はありますまい。

現世的な人[*10]

思うに、信仰家にとっては
あらゆることが方便ですな。
だからこのブロッケンの山上でも、
よく信徒集会が催されるのですね。

踊の群れ

おや、新手の組がやってきたのか。
遠くに太鼓の音がする。
「なあに。葦のしげみで青鷺が
声をそろえて鳴いているのさ。」

舞踏教師

どいつも、脚ばかりむやみに上げて！
人の目につきさえすりゃいいと思っている。
短か脚はピョンピョン跳ぶ、太っちょは弾む。
体裁も何もおかまいなしだ。

ヴァイオリン弾き

このルンペンどうしはふだんすさまじく憎み合って、
隙《すき》があれば相手にとどめを刺そうとしている。
ところがこのお山では風笛《バッグパイプ》に浮かれていっしょになってる。
オルフォイスの琴に集まってきた獣《けもの》たちさ。

独断主義者

批判論の、懐疑のと、
いくらやつらがどなったって惑わされんぞ。
悪魔も何物かであらねばならぬ。
さもなければ悪魔が存在するはずがないではないか。

観念論者

どうも、おれの心のなかの空想が、
この山に来たら、のさばりすぎる。
まったく、こいつが残らずおれの自我だとすると、
きょうはまるでめちゃくちゃな自我だ。

実在論者

こういうとりとめのないやつどもがおれの悩みの種だ。
ひどく腹が立ってくる。
ここへ来て、はじめておれの立場が
ぐらついてきたぞ。

超自然論者[*11]

ここへやってきて、じつにたのしい、
魔女たちとも仲よしになった。
悪魔たちがいるからには、
善《よ》い霊たちが存在することも、疑いようのないことだから。

懐疑論者[*12]

この連中は、あの小さな焔たちのあとを追っかけて、
それで宝が見つかると思っている。
だが「魔神」に合う韻は「疑心」だけだ。
だから、疑うわしこそ、ここにいるのがふさわしいのだ。

楽長

葉にとまったカエル、くさむらのコオロギ、
からっぺたの素人ども。
ハエのくちばし、カのとがり鼻、

君らもとにかく楽師仲間だ。

世渡り上手

くよくよせずに風向きしだい、これがわれわれ
陽気な仲間のモットーだ。
足では歩けぬご時世になったから、
われわれは逆立ちして歩いているのさ。

不如意な人々

これまではおべっか専門でうまい汁にありついたが、
今じゃそれもおさらばだ。
靴の底は踊って抜けるし、
はだしでこのとおり歩いてる。

鬼火[*13]

わたしたちは沼で生まれ、
沼からやってきましたが、

4370

すぐに踊りの仲間入りをして、
どうです、なかなかの男っぷりでしょう。

流れ星[*14]

星とかがやき、火と燃えて、
おれは天から落ちてきた。
いまは草のなかにころがっている、
だれか手を貸して起こしてはくれませんか。

肥大漢たち[*15]

どいた、どいた、四方へどいた。
草なんどはこうして踏んづけてしまうぞ。
お化けのお通りだ。お化けにだって、
太った手足はあるぞ。

パック

そんなにずしんずしんと歩かんでくれ、

象の子じゃあるまいし。
きょういちばんの暴れん坊は、
身体《からだ》のがっしりしたこのパックのはずだが。

アーリエル
恵みふかい自然と霊は、
おまえたちに翼をさずけた。
わたしの飛ぶあとについておいで、
あのバラの丘の頂きまで。

管絃楽（最弱音《ピアニシモ》）
うつる雲、ながるる霧は、
高みより明るみゆく。
木立ちに　葦に　風はわたる。
かくてものみなは散り失せぬ。

＊1　シェークスピア『真夏の夜の夢』のなかの妖精の王と王妃。「ワルプルギスの夜の夢」とい

4390

う題も、その戯曲の題名を踏まえている。ほかにゲーテは、ウラニツキイのオペレッタ『妖精の王オーベロン』を、一七九六年にワイマル劇場で上演したことがあり、それからもこの間狂言への刺激を受けた。

＊2 ワイマルの同好者劇場の道具主任。ゲーテに「ミーディングの死に寄せる」（一七八二年）の詩がある。

＊3 四一六九行注参照。

＊4 シラーの詩「ギリシアの神々」を正統キリスト教の立場から非難したフリードリヒ・レオポルト・フォン・シュトルベルク伯を皮肉った。その論法からはオーベロンも悪魔になってしまうだろうと言うのである。

＊5 アウグスト・フォン・ヘニングス。ホルシュタイン・デンマークの人。『時代精神』誌の主幹。狭量な精神からゲーテやシラーを非キリスト教的と非難した。それでゲーテとシラーから二人協同制作の『クセーニエン』で嘲笑された。ここでは、そのヘニングスがゲーテたちの『クセーニエン』を「かぼそいやつら」と言って罵倒するのである。

＊6 ミューズの長。すなわちアポロの別名。前注のヘニングスの出した詩集の題名。ミューズの長と言っているが、ミューズらより魔女たちの長になるのがふさわしかろうと、ゲーテにからかわれたのである。

＊7 前々注に述べたヘニングスのこの雑誌が世紀の代わり目に『十九世紀の精神』と改称されたので、こう題した。

＊8 四一四四行注に述べたニコライに関するが、ここではニコライが発言しているのではなく、はたから批評されたのである。ニコライは啓蒙主義者として、あらゆる宗教的なものの敵

であった。

＊9　ゲーテが最初は尊敬し、のちにはその偽信ぶりを嫌って離れたスイスの宗教的詩人・著述家ラファーターを諷した。エッケルマンの『ゲーテとの対話』（一八二九年二月十七日）で「ラファーターの歩きつきは鶴のようだった。だからブロッケン山には鶴として登場している」とゲーテが言っている。

＊10　ゲーテが自分をこう呼んだことがあるので、ここでも、ゲーテ自身のことを指したとの解が多い。この四行は、前詩のようなラファーターに清濁の両面があることを匂わせている。

＊11　悪魔が存在するからには、善霊も存在するだろうと推論して喜ぶ神秘主義的哲学者のこと。

＊12　ヒューム一派をさす。自己の冷静な態度を自慢している。

＊13　時流に乗って得意になっている連中。この前後の詩で言われている世間の変化とは、なによりもフランス革命によるそれである。

＊14　一時光ったが、すぐ失脚してしまった連中。

＊15　破壊を旨とする革命的人物。

曇り日

野原。

ファウスト、メフィストフェレス。

ファウスト　さぞ、もがいているだろう。絶望しているだろう。みすぼらしく世間をさまよったあげく、捕えられたのだ。罪の女として牢につながれ、言うに言われぬ苦しみを受けている、あのやさしい、不幸なむすめが。こんな、こんなことにまでなってしまったのか。――この裏切り者！　下劣な悪魔め！　これほどまでになったのを、おまえはおれに隠していたのだな。――何も言えまい、何も。そうやって突っ立ったまま、憎々しい悪魔の目玉をぎょろぎょろさしている。なんだ、その不服づらは。おまえがそこにいるだけで、おれは我慢ができん。――捕えられたのだ。とりかえしのつかない、みじめな身になったのだ。責めさいなむ悪霊どもと無情な裁判をする人間どもの手に引き渡されたのだ。――しかもおまえはそのあいだ、愚にもつかない暇つぶしをさせて、おれの心を眠りこませ、あのむすめの難儀が日ましにつのるのをおれに隠していた。そしてあれが寄るべもなく破滅してゆくのを知らん顔をして見ていたのだ。

メフィスト　こういう目に会ったのは、なにもあの女がはじめてじゃありませんよ。

ファウスト　犬め、見るもいまわしいけだものめ。――ああ、無限な大地の霊よ。こいつをもとの姿にもどしてくれ。このウジ虫を犬にしてくれ。こいつはこないだまで犬の姿で、夜にはよくおれの歩く前をとび跳ね、道行く者の不意を突いてその足もとにじゃれつき、驚いて倒れる者があると、その肩に飛びかかったりしたものだ。こいつをこいつの好きなそのもとの姿にもどしてやってくれ。そうすれば、おれの足もとに来て砂地に腹這《はらば》うこいつを、思うぞんぶんに踏みつけてやる、この外道《げどう》めを。――「あの女がはじめてじゃない」！――なんというむごたらしさ。人間の心には理解しようのないむごたらしさだ、こういう悲惨の底に沈んだものが一人だけではないということは。あの最初の犠牲《いけにえ》の人が、[*1]すべてを許す永遠な者の眼の前で身をよじる死の苦しみを受けたことも、他のすべての人間の罪をあがなうのに足りなかったということは。おれは、たった一人のこのむすめの悲惨が、骨身にこたえて、はらわたがむしられる。それなのに、おまえは平気で、幾千人のそういう運命をせせら笑っているのだな。

メフィスト　こうなっちゃあ、われわれ悪魔がいくら知恵袋をしぼっても、どうしようもありませんな、あなたがた人間の頭のゼンマイが狂ってきたのですから。なぜ、あなたはわれわれと手をつないだんです、しまいまでやりとおすことができないくらいなら？ 空は飛びたいが、眩暈《めまい》はこわいというわけか。いったい、話をもちかけたのはどっちが先でしたっけ。われわれだったか、あなただったか。

ファウスト　そんなに食いつきそうに歯をむき出すな。虫ずが走る。——ああ、偉大な大地の霊よ。あなたはわたしにあの荘厳な姿を現わしてくれたではないか。わたしの意図も心も知りつくしているではないか。それがどうしてこの恥知らずにわたしを結びつけたのか、人の災難をよろこび、人の破滅に舌なめずりするこの卑劣漢に。

メフィスト　もうそれでおしまいですか。

ファウスト　あれを救え！　さもないと容赦せん。幾千年にもわたる身の毛のよだつ呪いをかけてやるぞ。

メフィスト　わたしには、裁判官が神の代理人となってくだした刑罰の鎖を解くことはできませんし、牢の錠前をはずすこともできない。──「あれを救え」？　──いったい、女を破滅の淵に突き落としたのは誰でしたっけ。わたしでしたか、あなたでしたか。

（ファウスト。荒々しい目つきで、あたりを見まわす）

メフィスト　あなたは、稲妻でも摑み取って、わたしを焼き殺す気ですか。お気の毒だが、(40)
そういうものが、あなたがた人間の自由にならなくて、よかった。無邪気に受け答えをしている相手を粉微塵にしようというのは、暴君のやり方だ。言い負けた腹癒せの乱暴ですよ。

ファウスト　おれを連れて行け。助けるのだ。

メフィスト　そんなことをしていいのですか、われとわが身を危険に曝して。いいですか、あなたが犯した人殺しの罪で、あの町はまだ傷から血を噴いているんですぜ。殺《や》られた男の墓の上には、復讐の霊どもがさまよっていて、下手人《げしゅにん》の帰ってくるのを待ちかまえているんですよ。

ファウスト　いまさらおまえがそんなことを言うのか。世界にあるかぎりの死と呪いをおまえに投げつけてやるぞ、この怪物め。おれを連れて行け。聞こえたか。そしてあれを救い出すのだ。

メフィスト　よろしい。お連れしましょう。だが、わたしの力でできることと、できないこととは、承知していてくださいよ。わたしは天と地を支配するいっさいの力をもっているわけじゃありませんからね。牢番の頭をぼうっとさせるくらいのことは、わたしがやるから、そのあいだに鍵を手に入れて、あの娘《こ》を外に連れ出すことは、あなたがた人間が自分の手ですることだ。わたしは見張りをしています。魔法の馬を待たしておいて、それであなた方を逃がしましょう。そういうことなら、わたしにできる。

ファウスト　さあ、行こう。

＊1　十字架に掛けられたイエスのこと。

夜　広野

ファウストとメフィストフェレス、黒馬にまたがって、疾駆してくる。

ファウスト　何だ、あいつらは。あの処刑場《しおきば》にあつまって何をしているんだ。[*1]

メフィスト　わかりませんね。青い火が見えるが、何の煮焚きをしているのか。

ファウスト　ふわふわと上がったり、さがったり、傾《かし》いだり、かがんだり。

メフィスト　魔女たちの集会らしい。

ファウスト　砂を撒いたり、まじないのようなことをしている。

メフィスト　さあ、駆けぬけましょう、駆けぬけましょう。

＊1　処刑台には明朝処刑があることを予知して、悪い霊たちが集まって処刑台を彼ら流に浄めている。そういうふうにファウストは見た。おそらく暗夜の幻視であろう。簡潔なタッチで、物凄さと力動感をじゅうぶんに出している。舞台のためには至難な箇所だが、絵画には好材料である。ことにドラクロアの絵がすぐれ、ゲーテはそれをエッケルマンに褒めて語った（一八二六年十一月二十九日）。

牢　獄

ファウスト　（鍵束とランプを手にして、小さな鉄の扉の前に）

久しく忘れていた身慄いがおれを襲う。

人間の受ける苦しみのすべてがつかみかかってくる。

ここにいるんだな、この湿った壁の向うに。

あれの犯した罪といえば、なんの悪気もなく恋の迷いに身をゆだねたということなのに。

おまえはためらうのか、あれのところへ行くのを。

怖いのか、また逢うことが。

さあ、早く。ぐずぐずすれば、それだけあれの死を早めるのだ。


（錠前をつかむ。牢のなかで歌う声がする）

わたしの母さん、むごいひと。[*1]
わたしを殺してしまいました。

わたしの父さん、悪いひと。
わたしを食べてしまいました。
わたしの妹、ちいさい子。
わたしのお骨《こつ》をだいじにつつんで、
涼しい樹蔭におきました。
それでわたしは美しい森の小鳥になりました。
遠くへ、遠くへ、飛んでゆきます。

ファウスト　（錠をあけながら）　そばでこっそりおれが聴いているとは、夢にも知らないのだ、
鉄の鎖の音、藁のきしむ音まで聴いているとは――。

（中に踏み入る）

マルガレーテ　（臥床《ふしど》に身を隠そうとしながら）　どうしよう、どうしよう。来たんだわ。殺される！

ファウスト　（小声で）　しっ！　静かに。来たのはぼくだ、おまえを助けに。

マルガレーテ　（彼の前にまろび出て）　あなたも人間なら、わたしの身になって、つらさをお察しくださいまし。

ファウスト　そんなに声を立てると、番人が目をさます。

（彼女の鎖をつかんで、それを解こうとする）

マルガレーテ　（ひざまずいて）　誰があなたに言いつけたんです、
こんな時間にお処刑《しおき》にかかれって。
まだ夜中なのに、もう引き立てにいらしたのですか。
お情けです、どうぞ殺さないでくださいまし。
あしたの朝だって遅くはないではございませんか。

（立ち上がる）

だって、わたしはまだこんなに若いんです、若いんです。
それなのにもう死ななくてはならないのですか。
それにわたしはきれいでした、それが悪かったのですわ。

親しい方がそばにいてくださいました。いまは遠くにおります。
花嫁の冠は引きちぎられ、花はむしられてしまいました。
そんなに強くわたしをつかまえないでください。
堪忍してください。わたし、あなたに何もした覚えはございません。
お願いです。ほんとうにお願いします。
あなたは、わたしまだ一度だってお逢いしたことのない方なんですもの。

ファウスト　ああ、この痛ましさに堪えられようか。

マルガレーテ　もうわたしは、あなたのお考えひとつです。
どうぞ赤ちゃんにお乳をやるあいだだけ、お待ちくださいまし。
わたし、夜どおしあやしていましたの。
それをみんなしてわたしから取り上げてしまいました、わたしを苦しめようと思って。
そして、わたしがその子を殺したなんて言いふらしています。
わたし、もう二度と気の晴れることはないでしょう。
みんな、わたしにあてつけて歌をうたうの。意地の悪い人たちばかり。
むかしのお伽話のおしまいがそうなっていますの。

でも、それをわたしのことにしなくたって、いいじゃありませんか。

ファウスト　（身を投げ伏す）　ぼくだよ、ぼくだよ。おまえを愛している者が、おまえの足元にこうしているんだ。
このむごたらしい鎖からおまえを解き放そうとして。

マルガレーテ　（同じように彼の前に身を投げる）　さあ、ごいっしょにひざまずいて、聖者さまにおすがりしましょう。
そら、この階段の下に、
敷居の下に、
地獄が煮えたぎっています。
悪魔が、
おそろしい形相をして
騒いでいます。

ファウスト　（声高に）　グレートヒェン、グレートヒェン。

マルガレーテ　（耳をそばだてる）　おや、あの方のお声だったわ。
（跳びあがる。鎖は解けて落ちる）
どこにいらっしゃるのだろう。お呼びになったわ。
わたしは自由の身になったんだわ。もう誰にも邪魔されない。
あの方の頸に飛びついて、
あの方の胸に抱かれたい。
グレートヒェンとお呼びになったわ、あの敷居のところから。
おそろしい地獄の物音のなかに、
意地のわるい悪魔の嘲りのなかに、
なつかしい、やさしいお声が、はっきりと聞こえたわ。
ファウスト　ぼくだよ。
マルガレーテ　あなただ。どうかもう一度おっしゃって。
（彼にすがりつく）
あなただ、あなただ。苦労はみんな飛んで行ってしまったわ。

牢も、鎖も、心配も、みんな消えてしまった。
あなただわ。わたしを助けに来てくだすった。
わたしは助かったんだわ。——
ああ、わたしが初めてあなたにお目にかかった
町筋が見えてきます。
それから、マルテおばさんと二人であなたをお待ちした
たのしいお庭も。

ファウスト（連れ出そうとつとめながら） さあ、お出で、いっしょに。お出で。

マルガレーテ ちょっと待って。
わたし、あなたのいらっしゃるところにいたいんですもの。

（愛撫する）

ファウスト さあ、早く。
早くしないと
とりかえしのつかないことになる。

マルガレーテ　まあ。あなた、もう接吻もしてくださらないの。
ほんのちょっとお別れしていただけなのに、
もう接吻もお忘れになったの。
こうしてあなたにおすがりしているのに、どうしてこう胸が苦しいんでしょう。
いつもは、あなたが何かおっしゃって、わたしをじっと見つめてくださいますと、
天がそっくり押しかぶさってくるような気がしましたのに。
そしてあなたは、息もとまるほど、わたしに接吻してくださいましたのに。
ねえ、接吻して。
そんなら、わたしがするわ。

（彼を抱く）

あら。あなたのお口のつめたいこと。
それに黙っていらっしゃる。
あのやさしいお気持は
どこへ行ってしまったの。
誰がそれを取って行ってしまったの。

（彼から身をそむける）

ファウスト　さあ。おいで、ぼくについて。しっかりするんだ。
百倍も千倍もかわいがってあげるから。
さあ、ついて来てくれ。お願いだ。

マルガレーテ　（ふりむいて）　あなたかしら、ほんとうにあなたなの。

ファウスト　ぼくだよ。さあ、おいで。

マルガレーテ　あなたは鎖を解いてくだすったのね。
わたしをまた抱いてくださるのね。
まあ、どうして？　あなたがわたしを気味悪がらないのは？
ご存じなの、あなたは。あなたがどんな女を助けようとしているのか？

ファウスト　おいで、おいで。もう夜明けは間近だ。

マルガレーテ　わたし、お母さんを殺してしまって、赤ちゃんを水の中に投げ込みましたの。
あれは、あなたとわたしに授かった赤ちゃんでしょう。
あなたも親よ。――やっぱりあなたね。ほんとうにそうかしら。
ねえ、お手を。ああ、夢じゃないわ。
なつかしいこのお手。――おや、濡れているわ。
早くおふきなさい。なんだか
血がついているようだわ。
まあ。何をなさったの、あなた。
剣を鞘におさめてください。
お願いです。

ファウスト　過ぎたことは言わないでくれ。
それを言われると、ぼくは死んでしまいたい。

マルガレーテ　いいえ。あなたは生きていてくださらなくちゃいけない。
わたし、お墓のことをお願いしておきますわ。
お世話してくださいね。

あしたすぐ。
お母さんのお墓はいちばんいい場所、
兄さんのはすぐそのそばにして、
わたしのはすこうし離してね。
でも、あんまり離れすぎちゃだめ。
それから赤ちゃんはわたしの右の胸のそばに。
ほかには誰ぁれもわたしのそばにいない。
わたし、あなたのすぐおそばにいるのが、
それは嬉しい、たのしいことでしたわ。
でも、そんなこと、もうできそうにありません。
なんだか、わたしをあなたに押しつけていくようで、
あなたから突きもどされそうな気がするの。
けれどやっぱりあなただわ。いつもとおんなじやさしい、心のこもったお目をしていらっしゃる。

ファウスト　ぼくだということがわかったら、さあ、おいで。

マルガレーテ　どこへ？

ファウスト　外へ出るのだ。

マルガレーテ　　　外にお墓があって、
死が待ち受けていますなら、行きますわ。

わたし、ここから永遠の休息《やすみ》の場所へ帰ります。

そうでなければ、一足だってうごきたいとは思いません。

おや、もう行っておしまいになるの。ああ、ハインリヒ、わたしもいっしょに行けるなら！

ファウスト　行けるとも、その気になりさえすれば。戸はあいている。

マルガレーテ　わたし、参れませんわ。もうなんにも望みのないわたしです。

逃げたってどうなりましょう。待ち伏せしていますわ。

乞食までするのは、あんまりみじめです。

それに良心の苛責はどうすることもできませんもの。

知らない国をさまようのは、あんまりみじめです。
それにやっぱりつかまってしまいますわ。

ファウスト　ぼくがついているよ。

マルガレーテ　早く、早く。
あなたの赤ちゃんを助けて！
あっちです、この道をどこまでも
小川にそって上って行って、
小橋をわたり、
森にはいると、
左手の、柵に木戸口のある
池です。
早くつかまえてください。
浮きあがろうとしているわ。
まだ手足をうごかしている。
あの子を助けて！　助けて！

ファウスト　気を確かにもってくれ。
ひと足あるけばいいんだ。それでおまえは自由の身になる。

マルガレーテ　早くこの山を越してしまいましょうね。
あすこに、お母さんが石に腰をかけていらっしゃる。
なんだか首筋がぞっとするわ。
お母さんが、あすこの石に腰をかけていらっしゃる、
あたまをこっくりこっくりさして。
目くばせも、うなずきも、なさらない。あたまがとても重たいんだわ。
お母さんは、いつまでも眠っていた、もう目がさめない。
お母さんは、眠っていらした。わたしたちが逢えるように。
あのころのたのしかったこと。

ファウスト　いくら言っても、いくら頼んでも、だめなら、
仕方がない、おまえを抱《かか》えて出る。

マルガレーテ　放してください。いいえ、力ずくはいやです。

そんなに荒くわたしをつかまえないで。

ほかのことは、わたし、何でもおっしゃるとおりにしたじゃありませんか。

ファウスト　夜が明けてきた。グレートヒェン！　グレートヒェン。

マルガレーテ　夜が明けますの？　ああ、ほんとに夜が明けてきた。最後の日がやってきました。

わたしの婚礼の日のはずだったのよ。

誰にもいわないでね、グレートヒェンのところにこれまで泊ったことがあるなんて。

ああ、ああ、わたしの花嫁のかんむりがちぎられて！

こんなことになってしまった。もうしかたがありません。

また、お目にかかりましょうね。

でも、それは踊りの日ではありませんのよ。

人がおおぜいつめかけます。でも、音はすこしもしない。

広場にも、通りにも、
はいりきれないほどの人。

鐘が鳴りはじめます、杖が折られる。[*2]
わたしは縛りなおされて、引き立てられる。
もう首斬り台に据えられました。
みんながもう自分の首筋に感じます、
わたしの首にひらめく冷たい刃を。
世界じゅうが墓場のようにしんとしました。

ファウスト　ああ、おれは生まれてこなければよかった！

メフィスト　（戸の外にあらわれる）さあ、行きましょう、さもないと破滅ですぜ。

何をぐずぐずしているんです。くどくどとむだ話ばかり。

馬が身ぶるいしてますよ。

もう明けましたぜ。


マルガレーテ　あれは何でしょう、地の底から昇ってきたのは。

あ！　あれです、あれです。追いはらってください。

この浄《きよ》らかな場所に何の用があるのでしょう。

わたしをさらいに来たのだわ。

ファウスト　おまえを生かそうとしているのだ。

マルガレーテ　いいえ。神さま、お裁きくださいまし。この身をおまかせいたしました。

メフィスト　（ファウストに）発《た》ちましょう、発ちましょう。女といっしょに置いていきますぜ。

マルガレーテ　わたしはあなたのものでございます、神さま。お救いくださいまし。
天使さまたち、
どうかわたしのまわりをかこんで、おまもりくださいまし。
ハインリヒ！　わたし、あなたが怖い。

メフィスト　この女は裁かれたのだ。

声　（上から）　救われたのだ。

メフィスト　（ファウストに）　さあ、こっちへ。

声　（ファウストと共に姿を消す）
（牢獄のなかから、しだいにかすかに）　ハインリヒ！　ハインリヒ！

＊1　これは「ネズの木」の民話で、この話は『グリムの童話』にも収められている。まま子いじめの物語で、後添えの女がその先妻の子を夫の留守に殺し、その肉を料理して、帰宅した夫に食べさせる。その母の娘、つまり殺された男の子の小さい異母妹が、兄の骨をひろい集めてネズの木の下におくと、それは小鳥になって飛び立ち、この歌をうたう。小鳥はのちに援助を得てまま母に復讐する。ゲーテは少年のころからこの話を聞いて知っていた。嬰児を殺したグレートヒェンが、子どもの立場からのこのむごい歌をうたうのは、心理的にじつに適切な選びである。
＊2　死刑の執行を申し渡すと、裁判官は、罪人の生命が決定的に失われたことを象徴して、杖を折る。

解説——一つの読み方

手塚富雄

その素材

『ファウスト』は、ゲーテの生涯の体験と思索のこめられた大作品であるが、それの直叙ではなく、よく知られているように、素材としては十五、六世紀のころにドイツに実在していた山師的錬金術師ドクトル・ファウストについての伝説を用いている。ゲーテが最初にこの伝説的人物に親しんだのは、幼時に彼が情熱をよせた人形芝居によってであった。人形芝居に扱われるということは、伝説の主人公としては、いわばその成れの果てで、ほとんど何らの文化的意義も、したがって危険性ももたなくなった段階であるが、それがゲーテの心をひきつけて、長年にわたるその刻苦経営によって、近代文学において至大の意義と生産力をもつ形姿に育っていったことは、文学史上の奇観というべきである。

と言って、それはまったくの偶然ではない。伝説のファウストは山師としては悪評を受けていたが、およそ山師的存在が世に横行するのは、旧時代が生命力を失って次の時代が新しいものの誕生を求めて模索している時期である。彼らは何らかの意味でそういう新機運の中の人物であって、そのかぎりにおいては、このファウストも、ルネッサンス、宗教改革という激動期の子であり、たとえ偽物《にせもの》でも既存の制約に縛られることのない近代精神を分有しているところがある。そこにルネッサンス人ともいわれる近代詩人ゲーテの関心をひきつけるいわれがあった。それに、伝説のファウストには、萌芽的ではあるが、宇宙の根源を究めたいという認識上の動機があり、そのために悪魔と結託するのであって、そのことは近代的であるとともに、すべてにおいて徹底的な探求意欲を特長とするドイツ精神の根に通じ、およそそのためにこのファウスト伝説はドイツにおいて大いに栄えたのであろうし、またドイツ精神の最もよき代表者というべきゲーテによって取り上げられるべき一因となったのであろう。ただこれらのつながりはありながら、ファウストという形姿が、時代と民族の限定を突き破って人類の一代表者といえる内容にまで高められたのは、まったくゲーテの大力量によるものである。

さて、ファウスト伝説の生い立ちを略述すれば、実在したファウストについては二、三の記録が残っているが、何よりも最初は当時の民衆が彼の手管《てくだ》に乗り、彼に好奇心を寄せてさまざまの噂を立て、それに尾ひれがついて魔法使いのファウスト博士というイメージが成立したのである。一方、プロテスタントの牧師たちは、それらの噂を道徳的ないし宗教的戒めとして利用して、伝説形成に力を貸すことになった。つまり、悲惨だったといわれるファウストの死に方を強調して、悪魔に魂を売り渡した者はこのような最期《さいご》をとげるのだと教訓的に説いたのである。そして一五八七年、フランクフルトのシュピースという印刷業兼出版業者が、やはり人々に対する戒めということを名目にして、自分でこの人物の伝説を執筆して公刊したのが、ファウスト像が書物の中の形姿となった最初のことであった。その書は世にもてはやされて版を重ね、外国語にも飜訳された。その後もファウスト物語は、他の者の手で書き足されたり、書き直されたりして二度も出版され、さらに一七二五年にも「キリスト教信奉者」と称する匿名《とくめい》の筆者によってそまつな小冊子が世に現われた。ゲーテは少年時代にこれを買っており、書物としては最初にこれによってファウスト伝説に触れたと想像される。以上の本はすべてファウストを背教者として伝えたものであるが、その中でシュピースの著はすぐ英訳されて、シェークスピアと同年齢の天才的戯曲家マーロー（一五六四—九三）の目に触れ、その手によって、教会的見方を脱却した巨人的な人物としての『ドクトル・フォースタスの悲史』（一五九二、または九三）なる戯曲が生まれた。この主人公はルネッサンス的時代精神に溢れて、現世的な認識と力への意欲のために悪魔と契約し、それによってついに悲劇的に没落するとされている。こうして世界文学に自覚的な近代人の先駆者としてのファウストが初めて登場したのである。ただしゲーテがマーローのこの作を読んだのは一八一八年のことで、それは『ファウスト第一部』が発表されてから十年も後であった。それで、直接の影響をいうわけにはいかないが、大局的にはこの両作品は共に近代思想の展開上の産物にほかならない。

十八世紀になると啓蒙主義者レッシングが、この伝説に含まれた知識への無限の衝動という面に目をつけて、真理を追求する努力が悪であるはずはないという考えから、初めてファウストを救われるべき人間として構想した。その作品そのものはほんの一部分しか残っていないが、そこでは認識意欲は神の是認することとされて、近代的自覚はさらに重要な一歩を進めた。

演劇においては、マーローのファウスト劇がロンドンで再三上演され、やがてイギリスの俳優によってドイツに持ち込まれ、十七世紀を通じてドイツの各地で、それぞれ勝手に手を入れた台本のもとに演じられて、まったく大衆化し、通俗化した。そして十八世紀には、この戦慄的魔法使いの劇もだんだん片隅に追いやられて、人形芝居の中に余命を保つ状態となったが、それがゲーテの手によって普遍的な人間形姿にまで高められ、不滅の生命を得ることになったのである。

その成立

ゲーテはシュトラースブルク大学に学んだ頃のことを述べているなかで、「ふかい意味をもつファウストの人形芝居の物語はさまざまの反響をわたしの心内に呼び起した。」(『詩と真実』第二部)と書いている。以後、部分的に執筆を心がけ、一七七五年ごろまでには『初稿ファウスト』の形態を得た（これの筆写されたものは、ずっと後、一八七一年に発見された）。ゲーテがワイマルに来て、宮廷の人々に読んできかせたのはこの稿である。

上記の執筆期でもわかるように、それはゲーテ自身が先頭に立ったシュトゥルム・ウント・ドラング期の産物の一つである。枯渇した知識に絶望した主人公が街に出て、無垢な娘グレートヒェンとの恋愛を体験し、けっきょく彼女はファウストの人生行路の犠牲となって滅びる。そこまでが『初稿』で、後の『第一部』にくらべると、メフィストとの契約など、まだ欠けている場面が多い。これにはたまたまフランクフルトで嬰児《えいじ》殺しの娘の処刑が行なわれたことも作因として働いたが、ゲーテ自身のシュトラースブルク時代の恋人フリデリーケにたいする悔恨のこころが、それへの強い原動力となったことは、容易に見て取ることができる。

十二年以上の中断を経て、ゲーテはイタリアの旅のさなかにふたたびこれに手をつけようとしたが、北方的・ドイツ的なファウスト博士の霊は、南国の明るい空の下では、うまく彼の前に立ち現われようとしなかった。それでもその旅の間と帰国後にかけて、二、三の場面が書き足され、それらを含めて一七九〇年に『ファウスト断片』が発表された。それにもまだファウストとメフィストとの契約のくだりは欠けており、事件は「聖堂」の場で中断している。

その後また七、八年の休止があったが、ゲーテがその完成に本腰を入れるようになったのは、彼と親しい友情で結ばれるようになったシラーの熱心な勧めがあったからである。そして「なぜファウストは悪魔と結ばなければならないのか。最後にファウストを、伝説のように地獄に落とすべきか、それとも救済すべきか」などの根本理念について思いをめぐらし、ついにこの主人公を救って、魂の浄化と生の成就に導くよう考えをきめた。ここで初めて彼の『ファウスト』に確かな方向が与えられた。一七九七年六月に書かれた「捧げることば」は、その時の再出発の気持を述べたものである。こうしてその時期から一八〇六年にかけて第一部が完成し、一八〇八年に公刊された。

その間に第二部も部分的に手をつけられていたが、統一的なものに仕上げるのは容易なことではなく、ことに絶えず制作へと励ましたシラーの死（一八〇五年）が大きくひびいて、約二十年に近い大休止があり、一八二五年、つまり詩人七十五歳のときに、ようやく完結を目ざして筆を進めた。一八二七年には、ヘレナ劇がファウストの中間劇として発表された。そして死の前年である一八三一年の七月に、八十二歳直前のゲーテはようやくこの大作を完成し、厳重に封印を施した。自分の死後にこれを公表することが彼の意志であった。

彼はここに六十年以上にわたる労作が完成したことを無上の喜びとして、その後の生活を天与の「贈り物」と考えた。完成直後の決意にもかかわらず、翌三二年一月封を開いて、もう一度若干手を入れた。それからまもなく三月二十二日に永遠の眠りについた。

一つの読み方

『ファウスト』のおもしろさやすぐれた芸術性は読むに従ってわかることで、別に説明はいらない。ただ内容的に作者の内面に近づこうとすると問題百出で、どうしても読者として考えないではいられなくなる。解釈書は多いが、全体にわたって定説があるわけではなく、けっきょくこれをどう読むかは読者一人一人の責任にゆだねられるのである。それでそれに対する幾分の参考になろうかと、訳者自身の現在の読み方を掲げてみることにした。訳者は研究者としてよりも一人の読者として書いたつもりである。これが不変の読み方などとは思っていず、自分でももっと滲透度の強い把握のできる時のあることを願っている。便宜上、本文の場面の順に従って書いた。

捧げることば　この表題からは、読者に向けられたものであることが予想されるが、ここでは読者はほとんど考慮にはいっていない。それよりも詩人は『ファウスト』制作の再開にあたって湧き上がってくる感慨を、独り言のように述べておのが胸に刻みつけようとしているようである。静かな調子は、かえって制作への決意の強さ、深さを感じさせる。

この詩の作られた一七九七年六月は、ゲーテがシラーの熱心な勧めを受けて長い休止ののちに『ファウスト』をまた取り上げたときである。『ファウスト断片』が公にされたのは一七九〇年、『初稿ファウスト』が書かれてからのことを考えれば、二十数年の歳月が経っている。いま「なつかしい人たちのおもかげ」「初恋」「友情」などのことばによって四十八歳に近いゲーテの思い出に浮んでくるのは、フリデリーケ、ロッテ、リリー、ベーリシュなど、また彼に先立って世を去った妹コルネーリア、クレッテンベルク嬢、メルクなどであったろう。若い彼が『初稿ファウスト』を読んで聞かせたワイマルの社交の集いも、昔と今とでは人も空気も大きく変った。それらへの思いのためにそれ以後の読者はむしろさげすまれる形になったが、ゲーテはそんなことには頓着せず、いま彼の眼前に刻々と重みをましてくる仮象の現実に眼を据えるのである。

こうしてこの詩は、やがて一八〇八年に発表された『ファウスト　悲劇第一部』の巻頭に置かれることになった。

舞台での前戯　前の詩とは打って変った軽妙さである。本筋にはいる前にこういう一場をつけることは、観衆に楽屋内をのぞかせるような効果があって、くつろぎと同時に、これから真剣に進められるべき劇への鑑賞的距離感を与えることになろう。この着想をゲーテは一七九一年に初めて読んだ古インドの詩人カーリダーサによる『シャクンタラー姫』から得た。そこでは座長と女優がこれから始まるべき劇について簡単な対話をするだけだが、ゲーテのこの場の三人の会話は実に潑剌としていて申し分なく面白い。読者は、座長、詩人、道化のそれぞれの言い方から、気に入った箴言の二つ三つはすぐに拾い出せるだろう。筆者もその例として次の一つに票を投じておこう。座長が詩人に向っていうことば。「気分がどうのこうのといったって何になります？／一時《いっとき》延ばしをしている人には気分は絶対にやって来ない。／あんたが詩人と名のる以上は、／詩にむかって号令をかけたまえ。」

天上の序曲　まず最初に三天使による神への讃えの歌に驚かされる。その高さ、深さ、広さ、一語一句が生動している。この種のものでは近代世界文学における最高のものであろう。

こうして神の統べる宇宙的大空間の中に、メフィストフェレスが登場して神と対話する。旧約のヨブ記に倣ったこの対話が『ファウスト』全篇の枠組となる。これによってファウストの生の行路は、彼個人のことではなく、およそ人間存在の意義に関する代表例の位置にまで高められるのである。

人間をメフィストがののしり、主（神）がその一人としてのファウストを擁護する問答の内容は、よく引用されて有名であるが、それだけにわれわれ読者は、ファウストの先行きに関して、ほとんど決定的に安心してしまう傾きがある。伝説では地獄に落ちることになっているファウストを最終的に救済すべきか否かは『ファウスト』制作における根本問題であって、ゲーテは一八〇〇年ごろこの場面を書くことによって、救済の大方針を確立したのである。しかし、そうだからと言って、人間存在の意義へのゲーテの問いかけ（けっきょくそれが『ファウスト』の主題であり、救済とはそれへの肯定的解答である）が少しも微温化されたのでないことは、この作を通読したとき、すべての人が感ずることであろう。

その問いかけの切実さをわれわれが実感するためには、次のような読み方をするのも一つの方法だろう。主なる神はファウストにあれほどまでに目をかけているのだが、ファウストからすれば、主へのつながりは何もなく、彼は何の保証もないところで、自立した存在としておのが行路を突き進んで行くことになっているのである。そこからどういう答えが出るかは、彼自身にはまったく不明である。およそ人間がおのが生の意義を問題としておのれを励まして生きようとするとき、彼の置かれる位置はいつもそういうものではなかろうか。従ってわれわれは主人公ファウストと同様にこの「天上の序曲」については何も知らないでいる状態に身を置いてこの主人公の生を辿るとき、そこに具現されているこの作の主題をいっそう身近に感ずることができると思うのである。

筆者のこういう言い方から読者はおのずから感ずるであろうが、筆者はいまこの戯曲をできるだけ近代的ヒューマニズム（人間中心主義）の立場から読んでみようとしているのである。言い換えれば、神への信仰の立場を、できるだけ前提とはすまいとしているのである。その主な理由は、ゲーテの本質を筆者は近代的ヒューマニストと見ているからであり、同時にそのように読むほうが、この作をより強くわれわれ自身にかかわるものとして読むことになると思うからである。しかし、こう言ったからと言ってわたしは、キリスト者がキリスト者としてこの作品を読む権利を狭めようとは毛頭思っていないことをことわっておきたい。信仰の立場から読むことができるなら、それがいちばん恵まれたことである。

では、ゲーテが筆者の信ずるようにヒューマニズムの人であったとして、その人がなぜ「主」の出現するこの「天上の序曲」を書いたかという問題になると、それに対しては、あるいは思想的に、あるいは作品構成の上からなど、種々の答えが予想されようが、筆者はいま思いつくままにゲーテが『詩と真実』第一部第四章で述べていることを挙げておきたい。「普遍的な宗教、自然的な宗教は本来信仰を必要としない。なぜかというに、創造し、秩序づけ、指導する偉大な存在は、おのれをわれわれに理解させるために、いわば自然の背後に隠れているのだという確信、こうした確信はすべての人におのずから湧き出てくるものである。それればかりか、一生涯彼を導くこういう確信の糸を彼がしばしば放してしまうことがあっても、それを彼は何処ででもまた手にすることができるであろう。」こう言った上でゲーテはこういう普遍的な宗教と対照してそれぞれの特殊な宗教の存立の条件に言い進んでいる。この分類からすればゲーテはまさしく、この「普遍的、自然的な宗教」の人なのであって、そこからこの場のように「主」の登場が書かれることは、彼にとっては無理なくできることだったのである。

それでもなお反問があろう。この場でのファウストに対する「主」の保証、また「主」によって説かれるメフィストへの弁神論的意味づけを、ゲーテがなぜ書いたのかと。それについては筆者はただ、ゲーテがどうしても捨てることのできなかった彼の天性的な人間信頼を指摘することができるだけである。しかしゲーテは決してそれに安住したのではなく、いよいよそれを揺るぎないものにしようとするかのように人間についての徹底的な問いをくりかえしていることは全篇を読めばわかることで、この作の重みは主としてそこにあると思う。

メフィストについても一言しておきたい。ルチフェルを首班とする悪魔大株式会社のなかでメフィストがどういう位置を占めているかは、作中に明示されていず、それだけにわれわれに一つの問題となるが、それについて筆者は次のことだけははっきりと言うことができると思っている。彼は諸悪魔のなかで、人間との交渉を受持っているのであって、それだけにその地位は重い（自然における破壊作業などは彼の担当部門ではない）。彼の専門が人間だということを作中の彼のことばから裏づけすることはやさしく、ここにわざわざ挙げるには及ぶまい。このことを人間論的に翻訳すると、メフィストは、人生の意義の否定とか絶望とかという消極的な形においてではあるが人間に最も関心をもつものである。関心をもつというのは、いくら否定的な形においてであっても、実はその対象と深いつながりをもっていることである。われわれ自身に内在するわれわれへの否定の心理について考えられたい。これは人間を滅ぼしもするが、反語的に人間を促進もしよう。元来切っても切れない人間の内的伴侶である。彼がいなければおよそこの「ファウスト」劇は成り立たない。こうしてゲーテはファウスト伝説における悪魔を本質的な意味で高めたのである。他方「天上の序曲」の終りで「主」が天使のありかたを示す数行はこの上もなく美しい。そういう天使とメフィストとが、ゲーテの精神の中で対極的に考えられた人間の自己把握の二つの形式といえるのである。

悲劇　第一部

夜　第一部は、学者としてのファウストの認識の悲劇と、青年ファウストとの恋によって滅びるグレートヒェンの悲劇とから成る。認識の悲劇では、何といってもこの「夜」の場面がいちばん重い。知識のがらくたを掻きまわすことに絶望し、世界を奥の奥で統べているものに直面したいという願いは、何びとの胸にも共感を呼び起さずにはいまい。そのために彼は単なる求知の世界を捨てて、霊たちの力の参加する魔法（まだ悪魔との結託ということではない）にまで走った。それによって彼の渇望する究極的なものとの生きた触れ合いに達することができるかと期待したのだが、それもあだな望みであった。いま彼は、かび臭い研究室の束縛を破ろうとして、自然哲学者ノストラダムスの神秘な書物を通じて大宇宙の消息に触れる。それは壮麗な喜びではあるが、言うならば、宇宙を生命に充ちたものとして統一的に把握する哲学的考察の一例に鼓舞されたにとどまり、そこには知解、もしくは詩的といってもいい観照の喜びはあるが、その世界にファウストは、活動の主体として参加することがないのだから、満足できるはずはない。それでファウストは、地霊（大地の霊）を呼び出す。大地は宇宙の中では部分のまた部分にすぎないものだが、ファウストが生きて活動すべき現実の場である。だから地霊は彼の生きる意志と直接の関係をもち、真に生きたいという彼の強い意欲は、呪文の助けを借りはするが、地霊をおのが眼前に出現させる力をもつのであろう。しかし、地霊を引きよせえたことは、ファウストをして無反省に思い上がったことばを吐かしてしまう。ファウストは地霊の勢威に圧倒されながらも、自分を地霊に近しいと感ずると言う。しかし、これは限られた力しかもたない人間としては実に分を越えたことであって、彼が、地霊によってみじめに突き退けられるのは当然のことである。地霊とはいったい何か、何をするのか。それは「生の潮、行為の嵐のなかを／おれは波打って昇り、また降る」に始まる数行によって実に壮大に述べられている。つまりは「神」（原語は Gottheit〈神性〉）の生きた衣をこの大地において織る根源の力、それが地霊である。ざわめく時の中に蠢動する虫けらともいうべき人間が自分をそれと同等と考えるなどは、およそ次元の違いを知らない妄想である。ファウストは打ち砕かれてそのことを悟る。

さて、学僕ワーグナーの登場。そしてそれが去った後ファウストは彼の切実な問題にもどって再度の独白となる。このあたりの運びにはゲーテも頭を悩ましたことであろう。

上述したどの道も自分のものでないことを知ったファウストは、いま微小な存在として、狭苦しいおのが境涯を破るために、何をすることができるか。そのとき彼はふと毒液の小瓶を目にして死への思いに誘われるのだが、その自殺の決意を、自己の無力と卑小さに対する絶望からとはせず、「純粋な活動の新天地をめざす」積極的な男子の行為と見ていることには、近代詩人としてのゲーテの面目が躍っている。虚無に帰するかもしれないこの冒険も一つの事業として捉えられたのである。

この危うい瞬間からファウストはどうして生へ引きもどされたか。ゲーテは実にあっさりと、その機縁を復活祭の朝の鐘の音と合唱に帰している。その声とひびきを耳にしてファウストは、幼い時の心に帰って生の予感に充ちた新しい世界を感じ、素直にその招きに従ったのである。彼本来の生への意志が死の思いに洗われて本然の姿に復活したといってもいい。およそ重大な転機というものは、瞬時の心の動きであって、ことばをつくし、論理の網を精密にしても、到底それを現わしつくせるものではない。ゲーテがこの箇所で以上のことのほかにくだくだと理由づけをしなかったのは、詩人としての彼の生得の知恵ともいうべきおおらかさであって、隙があるようでかえって彼の大きさが見える。小さい詩人ほど、こういうところにこだわるものである。要するにファウストは生の呼び声のままに生への道を進む。

復活祭の朝の天使たちの合唱に神の恩寵を見たい人もむろんあるだろう。ただ、ファウスト自身はそうとは思っていず、自分が信仰をもたない人間であることを言っている。大きい眼で見るならば、人間が生きていること、そして生への意志にみちびかれていること、それは至高の恵みでなくて何であろう。その恵みは非常に大きいので、恵みを受けている者はほとんどそれを意識しないのである。ゲーテが恵みや恩寵ということを考えていたとすれば、そういうようなひろやかな意味での恩寵であったろう。そしてそれに対して当のファウストは、親の慈愛をさとらない子供のように無知である。彼はいま死との近接を越えた。おのが本来の生の意志だけを強く自覚して前へ進むのである。そういうものとしてゲーテはここでファウストを描いているのである。

市門の前　春の訪れに郊外に遊ぶ民衆の姿は魅力そのものである。大詩人はわれわれ読者をも春の陽光の中へ連れ出してくれる。作の段取りとしては、ファウストの生い立ちが述べられ、また天と地の両極をさすファウストの中の二つのたましいが告白されて、変化に富んだ未知の生活にはいるために魔法の外套があればよい、ということばを彼が吐くことが、時を移さずメフィストを近づけるのである。メフィストがファウストに取り込もうとしているにせよ、ファウスト自身がメフィストを呼び入れたことに目を留めたい。

書斎I　ファウストは野で出会ったむく犬（メフィストの化身）をつれて書斎に帰る。いまは彼の心も落ち着いて、人間の愛、神への愛が湧いてきた。それで天上の啓示をあこがれる気持になって、新約聖書を開き、「ヨハネ伝」の冒頭を訳しはじめる。「初めに言葉ありき」の訳を「思い」（およそ原初的に思念や意欲のきざすことである）、「力」と、一歩一歩能動的な案を経て、ついに「初めに行為ありき」と決定したのは、ファウストの精神の本質を象徴的に示したもので、ゲーテのすばらしい着想である。さてメフィストが遍歴大学生として姿を現わして、悪魔論が展開されるが、大局的には「天上の序曲」で述べられたことの枠内にある。メフィストがファウストのことばを受けてちょっと弱音を吐くのも、彼に取り入ろうための老獪な術策なのかもしれない。そして悪魔にも掟があるとメフィストが言うのも、相手を契約に引きこもうとする準備作業なのだと説明する学者もいる。とにかく悪魔は功を急がず段取りをつけて事を運ぶのである。ゲーテが書斎の場を二つに分けて書いたのも、そういうことを考えてのことかもしれない（伝承のファウストも、悪魔と二度目の会見で契約をしている）。

書斎Ⅱ　ゲーテはこの場の前に、大学での学術公開討論会の場面を置こうとする案をもっており、それによってアカデミーの空気をより強く出し、メフィストにも発言させてその知的風貌を紹介しようとしたらしいが、それは実行に至らず、二つの書斎の場が直接つづくことになった。

再度現われたメフィストは、颯爽とした貴公子のいでたちである。ファウストを世間場裡へ引き入れるためである。そしてファウストも、やがて彼と組んでからは、上層階級の知識人という格好で世を遍歴する。

この第二の書斎の場でファウストの言うことには、ずいぶん前後の矛盾が多い。胸にあることとの瞬間瞬間の発露である。しかしその矛盾のなかにゲーテがファウストとメフィストとの賭け（契約ともいわれる二人の取決めの内容は賭けである）のポイントとしたことは、「天上の序曲」での神のことば「人間は努力するかぎり迷うものだ」にある「努力」である。ファウストは「人間の精神が高みを目ざして努力するとき、それがきみら（悪魔たち）に理解されたためしがあるか」ときめつける。メフィストの方では、あらゆる快楽をもってそのファウストの精神を腑抜けにしようとする。この対立があの賭け（「おれがある瞬間に向かって、『とまれ。おまえはじつに美しいから』と言ったら、きみはおれを鎖で縛りあげるがいい……」）となるのである。

この「努力」のモチーフをゲーテがこの大作の全体を通じてどのように扱ってゆくか、

つまりこのモチーフだけで一本調子に押し通してゆくか、またはそれ以外の考慮がはいってくるか、そのことに気をつけて読むなら、この作品の理解はいっそう深くなるだろうと思う。

そのことについては、第二部の終りを精読することがいっとうよい助けとなろう。いまこの場面で矛盾と考えられやすい箇所の一つをあげてみると、まず初めにファウストがメフィストの誘いを斥けて吐く絶望的なことば（「死こそ望ましく、おれには生が呪わしい」）は、まことにすさまじい。しかしそれは、霊たちの合唱（メフィストの意を受けた歌と思われるが、この歌だけについても種々の解がある。とにかくこれはファウストの生への意欲を非常に巧みに呼び起す）やメフィストの、彼としては珍しくまともにひびくことば（「煩悶をもてあそぶことはおやめなさい。……人間は人間といっしょであってこそ人間だということがわかりますよ。……」）によって、たちまち積極的な方向へ一変する。とはいっても、元来強い彼の活動の意志は、それ自身絶望の停滞に堪えるものではなかったろう。このあたりは彼の感情の起伏、またその振幅の激しさに驚かざるをえない。そして最後に「やすむことなく活動してこそ男子なのだ」や「そして全人類が受けるべきものを（歓楽をも苦痛をも）おれは内なる自我によって味わいつくしたい」などの壮麗な宣言になるのである。

つづく「学生の場面」は、アカデミーのカリカチュアとして理屈抜きに面白い。ゲーテ自身興じているのが目に見えるようである。こういう面白さも『ファウスト』を大きな作品にしている非常に重要な要素である。

ライプチヒのアウエルバッハの酒場　魔女の厨　両場面ともにぎやかだが、そのなかで風刺がことに利いている。「酒場」では「蚤の歌」。「魔女の厨」で牡の尾長猿が歌う「これが世界だ」の歌の矛先は現代世界がそのまま頂戴すべきだろう。そのほかに次のようなやりとりは無邪気にわれわれを楽しませてくれる〈メフィストの問い「おかみさん〈魔女〉は、いつもどのくらいのあいだ、外で浮かれて、うちへ帰るんだい？」尾長猿たちの答え「わたしたちが手をあぶっているあいだなの」〉。この種のことを面白がるメフィストの精神の方がこの場ではファウストよりも活躍している。こうしてファウストの若返りの作業が行なわれる。

グレートヒェン悲劇　知的に複雑な苦悶の道を歩んだ人物が、そういうこととはまるで無縁な、ドイツの平穏な小市民社会に育った無邪気な少女の魅力に捕えられる。少女にとってもこの青年ファウストは自分たちの知らないより高い世界からの訪れであったろう。メフィストはこの恋を官能の面からだけ見ているが、それを越えるものがグレートヒェンの心に育つことは、彼の予想しえぬことであった。けっきょくグレートヒェンは、奔流のようなファウストの行路の犠牲となって身を滅ぼす。外的には市井の一事件にすぎないことから、やがてファウストが何を受けるかを、ゲーテはこの戯曲全篇の大きい問題にしてゆく。ゲーテにとっては彼自身のフリデリーケ体験の告白であり、懺悔であり、また昇華となってゆくのである。

「森と洞窟」の場は、よどみのない進行の中で頓挫の機能を果たしている。成立史的に調べると、ゲーテの構成上の苦心がよりよく見えてくる。

つづく場面では、糸車にむかってのグレートヒェンの歌、市壁に沿った小路での聖母受苦像への祈りと、ゲーテの全詩作のなかでも最高のものに列する絶唱がつづく。少女の口を借りて平易なことばでこのような感情の深さを表現しうる大詩人の手腕には読むたびに驚かずにはいられない。

「ワルプルギスの夜」も、筋の本流をはずれて一つの曲折をつくったことになり、それを思い切って魔女の大饗宴という趣向にしたのは、メフィストが重要な登場者であるこの作品の雰囲気をより特異なものとする点で効果が大きい。寄り道の場面だけに詩人は存分に遊んでいる。「インテルメッツォ」の部分には、フランス革命による時代の激動が反映していて面白い。

「曇り日」は、青春の頃に書かれた散文の形をそのまま残して、感情の激しさをいっそう際立たせた。内容的には作者にとって苦しいところで、ファウストにもっぱらメフィストへの悪罵をわめかせている。「夜　広野」は、数行のタッチに過ぎないが、これを挿んだ効果は実に大きく、そのことは、これがない場合を考えてみるとよくわかる。劇の進行のリズムがこれを要求するのである。

「牢獄」の場面では、われわれはまず作品から受ける感動に身をゆだねればいい。ほとんど完璧の出来である。グレートヒェンのうたう歌のむごいあわれさに始まって、彼女の一言一句の緊張と哀切、激変する感情の大波、微妙に表現される黎明の近づき。内容的に言うと、ファウストはグレートヒェンを救おうとする意志はもっているが、この場ではまったく彼女にけおされている従の存在である。彼の吐くことばも切実めくが、内実はすこぶる振るわない。彼の心にはいまひたむきなものが燃えているわけではない。グレートヒェンは女性の敏感さでそれをすぐ感じ取る。彼女が愛するのは、眼前の、言わば低い次元にあるファウストではない。彼女の愛するファウストは、彼女の最後の「ハインリヒ！　ハインリヒ！」という呼び声の中にある。それは彼女がファウストに寄せる、彼がこうあれかしと思う願いであり、祈りである。それが以後暗黙のうちにファウストに働きかけて、彼を引き上げる。そのことをゲーテはようやく第二部の終りで言うのである。

その引き上げる力を彼女はどこから得たのだろうか。「神さま、お裁きくださいまし。この身をおまかせいたしました。」この絶対帰依の心によって、彼女は初めて現在のファウストの次元を遥かに越えた高い存在になったのである。弱い少女がおのれを捨てることによって一個の独立の人格になることができた。信仰がそれを成就させたのである。ファウストを信仰の人としては書かなかったゲーテであるが、死を前にしての少女においてこのような信仰への帰入を現前させることのできたのはすばらしい。それができた彼であるから惑うことなく「救われたのだ」という天上の声をひびかせたのであろう。

ゲーテがこの場面を完成したその当時、グレートヒェンのこの救いをこの作品の全構成の中でどういう風に位置づけようとしていたのかはよくわからないが、結果としては、これは実に大きい意味をもってくる。この点についてはゲーテが寡黙であるだけに、われわれに考えさせることが多いのである。

悲劇　第二部

第一幕　最初の「優雅な土地」に大きい重みがかかる。グレートヒェンを悲運の底に落として、心身共に疲れ切ったファウストを、ゲーテはどのようにして再び起ち上がらせようとするのか。作者にとって至難の箇所である。ところで第一部完成後二十数年を経てこれを書いているゲーテは、象徴的な形式のうちに実に簡明率直な内容を盛った。それは一言で言えば、自然の治癒力ということである。悪人にでも不幸の底に沈んでいる者にでも恵みをかける力である。そして「時間」と「忘却」とが、それが用いる手段である。
ファウストがあれほどのことを仕出かしていながら、それについての罪過の意識は、鵜の毛の先ほども問題にすることなくこういう扱いをしたことには、読者は読者としてどのような批判を下してもいい。そしてここで大きく是非の見解が分れるに違いない。いずれにしてもこの場面は、『ファウスト』を、また『ファウスト』を書いたゲーテその人を理解する上において、重要な手がかりの一つとなるものである。

筆者自身はそれを決定的に批評しようとする気持よりも、もし自分が書くのだったら、とてもこうぬけぬけと書く「力量」はないという思いが先に立つ。いろいろと考えるが、けっきょくこれが、自然の、また生のいちばん真実な姿ではないかとも思う。とにかくゲーテはファウストの再起をこう書いた（第一部で、自殺しようとしたファウストをこだわりなく翻意させた箇所が思い出される）。そして以前のファウストとの連続性を「最高の生き方をめざして絶えず努力をつづけよう」とする決意に置いたのである（シュタイガーのようにこういうおおらかなゲーテの行き方を激賞する見方もある）。

アルプスに太陽が昇るくだりのアーリエルの歌とファウストの独白はすばらしい。これこそ生命そのものである。そしてそこに得られたファウストの知恵は、彼を第一部のファウストと劃然と区別するものである。八十歳のゲーテがそれをファウストの口に上せたのである。ファウストに即して言えば、第一部における蹉跌や困難が、この知恵に達すべく彼の心を準備させたのであろう。それはこの場面の結びのことば、「本源の光の色さまざまな反映、それがわれわれの生なのだ」に集約される。われわれの眼は太陽そのものを見るには堪えない。しかし太陽の反映から生ずる虹の「変化しながら持続する」美しさはわれわれの把握できるものである。生きてゆく人間の姿はつまりこの虹ではあるまいか。それは実にはかないものであるが、しかしそこには多様な変化の相をみせる本源の光の反映がある。はかない生のはかなさのなかに最高の意義の反映を認め、その自覚のうちに自己の生を高めてゆくこと、それが今後のファウストの生きる態度の基本となろう。第一部ではファウストは自分を神の似姿とし、地霊にさえ似ていないことを指摘されて絶望に落ちようとした、巨人主義（ティタニスム）といわれるその青年客気は乗り越えられたのである。「皇帝の居城」以下で、大世界の種々相が展開されるが、全篇の構成としては、ファウストとヘレナの出会いへの導きであり、また遠く最終部の権力者ファウストへの道を準備する。われわれは読者としてその一行一行の面白さを心ゆくまで楽しんで読み進んでゆくがいい。ことに謝肉祭の仮装舞踏会の登場人物は、そのすべてが詩人であり賢者でもある老ゲーテの高い遊戯精神の所産である。筆者はことに、富の神プルートゥス（ファウストがそれに仮装している）に同伴して出て来る少年御者に注意したい。これは彼自身が言っているように「詩」である。「わたしが友となれば、だれもすばらしい世界を手に入れた気になる」、そういう存在である。仮装にせよ、現実を活動の場とするプルートゥス（実はファウスト）になぜこの詩的精神を添えて一対としたか。そこにはゲーテの深い気持がひそんでいると思う。現実の生における努力の半面に彼ファウストは、実はあらゆる制約を越えて、美と善をよろこびとする孤独で自由な世界をもちたいと願っているのであろう。

ファウストがもしそういう世界に無縁であれば、彼は彼の半分にすぎず、つねに高みをめざすその精神も根の浅いものになってしまうのではないか。ゲーテの気持を筆者はそういう方向に読み取りたいのである。なおゲーテのことばによれば、この少年御者は後に出て来るオイフォリオンと同一の精神だという（『エッケルマンとの対話』一八二九・一二・二〇）。このことをさらに押しひろめて、筆者はホムンクルスをも同じ精神の所有者だと言いたい。この三人のなかでは、少年御者はほとんどまだ説明だけの段階に留まっているが、他の二人はその生き方でおのが精神を自証している。それはあらゆる束縛を破り、生命と行為へのあこがれに駆られて、つねに高みをめざして突き進んでやまない者である。ところでこれらは主人公ファウストとどういう関係にあるだろうか。結論的に言えば、これらはファウストの血縁者であり、分身とさえ言いたい。『ファウスト』全篇は、主人公のたゆみない向上の行路を描こうとしているが、劇の行為として取り上げられたその諸段階は決して多くはない。それらを通じて主人公の格別の発展はないではないかという論者さえいるくらいである。しかし、発展は外形にだけあるのではなく、その根源は意欲である。そしてわれわれはこの作品がその意欲にみちみちていることを確認せずにはいられない。ゲーテは本筋だけでは現わしきれない主人公のその意欲を、これらの血縁者（劇では副次的存在としての自由さから自由に詩的に自己表現をすることができる）の協同によって、形を越えた精神として表現したのである。その気圏が全体としてのファウスト的世界である。それは事件の数を越えた充実である。

さて、紙幣乱発による財政難の一時的解消の功によって、ファウストとメフィストは宮廷に取りつく。ファウストの術が買いかぶられて、ギリシア随一の美女ヘレナの姿を下界から呼び出せという註文を皇帝から受ける。こうして母たちの国への冒険が行われ、ヘレナの美が現前する。筋立ての上では、ファウストがヘレナの世界に接触する第一歩であるが、内容的にはこの母たちの場は読解に至難の箇所である。われわれはただ予感的にゲーテが思い描いたであろうものを臆測するだけである。われわれには、母たちの国へのファウストの冒険は、芸術的創造を類推するのが、いちばんわかりやすい。ファウストは極限的な孤独と戦慄の底をくぐって、至高の美の原型を現象界に呼び寄せた。人力を絶したこういう危険な冒険に芸術家はしばしば誘われるのである。没落と紙一重の行為である。そしてその人力を絶した創造の根源の秘密を蔵するところが母たちの国といわれる。そこにはプラトンのイデアにひとしいもろもろの原型、原像があり、しかもゲーテ的思考の特徴をあらわしてそれらの原型をめぐってその無限のヴァリエーションの可能性が雲のように去来しているとされる。それについてもわれわれの理解が迷路にはいったら、芸術的創造の場合のわれわれの心象を考えてみるがいい。こうしてゲーテはファウストをして美の原型というべきヘレナのイデアに触れさせ、それをもとにその姿の芸術的創造者たらしめたのである。そしてこの類推をつづけるなら、ヘレナの姿を現前させたということは芸術的行為であるにとどまる。しかしファウストはそのことを忘れ、芸術的仮象を現実の欲求の対象としてそれを所有しようとした。それによって仮象が爆発するのは当然である。ただその際ファウストの胸に刻まれたあこがれが、生きた力として残って、今後の彼の進路を規定するのである。

芸術的な観点からいえば、「暗い廊下」でのファウストとメフィストの問答、ことに「母たち」ということばが最初に口にされたときの戦慄感の実現は無比である。ところでメフィストは根源的なその母たちの国について多くを語ることは好まないが（おそらくそこは彼が手のつけられない厳粛な世界だからだろう）、そこの様子に無知ではなく、それだけにそれに対してある種の畏敬の念をもっているようである。もしそうとすればそのことはさまざまなことを考えさせる。彼の意識はファウストの魂の奪取を主目的にしているが、芸術家（この場合のファウスト）を危険な創作行為にみちびくことはできるようである。彼の知っている孤独がその仲立ちをするのではあるまいか。芸術家の孤独と悪魔の孤独とは、しばしばほとんど同じものだろう。そしてそれはしばしば抑制を忘れた不遜な、そしてしばしば没落的な芸術行為の母胎となる。

第二幕　まずホムンクルス製造の成功が大事件である。これはワーグナーという頭脳人の知的産物である。つまり純粋な精神性といっていい。しかしそれは、純粋であればあるだけに抑えがたい肉体、生命、現実の存在へのあこがれをもっているのである。このことは世界を悟性的にだけ見るワーグナーにはまるで予想のできなかったことである。ホムンクルスをこのあこがれにおいて独立の存在に仕立てたことにも、ゲーテの偉大さがある。メフィストもホムンクルス生成には若干ワーグナーに力を添えたらしいが（ゲーテはエッケルマンとの対話でもその方向のことを言っている）、しかもホムンクルスはメフィストの意のままにもなるような存在ではない。むしろ彼のほうがリードの立場に立ちもする。このことをゲーテは「中世風の実験室」の場の終りで、実にうまくメフィストに言わせている。「つまるところわたしたちは、自分のこしらえたものに引き回されるのですね。」人間のつくった技術文明までがあてこすられてしまった。

つづく「古典的なワルプルギスの夜」こそ、大天才の所産で讃嘆のほかはない。以前は筆者はこれをただ無用にごたごたした場面の連続ぐらいにしか思わなかったが、実に未熟な読み方だったというほかはない。ゲーテがドイツのブロッケン山における魔物の大集会「ワルプルギスの夜」と同種のものをギリシアの地に想定したのは第一には、ヘレナを慕うファウストをギリシアに運んでこなければ、彼の魂を救うことができないから。そして数千年前のヘレナとファウストが会うことを手引きするのは、古典的・ギリシア的な各種の化けもの（霊）のほかにはないと考えたからであろう。化けものの世界だから夢と現実の境界はさだかでなくていい。また化けもの相手ならどんな戯画でも描きやすく、ゲーテはその自由を最大限に利用した。

この場面の大筋は三つある。第一の大筋は、ファウストがこのあこがれの地で新たに生気をえ、冥界にいるヘレナのところに行く方法を訊ね廻ることで、中でもファウストとヒーロンの会話が圧巻である。この中でゲーテがヒーロンの口をかりて詩人の絶対自由を宣言している箇所に注意しておこう。神話に住むヘレナはいかなる場合でも詩人の望むとおりに描かれている。「要するに詩人は時間に（当然それ以外の制約にも）縛られない」のである。だからわれわれもその詩人の自由の翼に乗ってこの戯曲の世界を駆けめぐるべきである。小智にばかりこだわっていては、作者の精神に追いつきようがない。第二の大筋は、テッサリアの魔女を追いかけてのメフィストの冒険。ここでは彼は徹底して道化役としてわれわれにサービスしてくれる。ついでに言うが、地震の神の活動による小山の成立、それに伴っての小人や蟻や鷺や黒鶴の葛藤のいきさつは人類の闘争史そのもののミニアチュアで、われわれは詩人の筆に引き廻されながら歎息するばかりである。人生問題に対する解答をひたすら彼に期待するわれわれ読者に、ゲーテは彼の方から問題を突きつけた。それへの解答の責任はわれわれにあることを思い知るべきである。

第三の大筋はホムンクルスの死、より適切に言えば生誕である。それを主題とした「エーゲ海の入江」の場面は、どんなに歎賞しても歎賞しきれないもので、『ファウスト』全曲中最高最美の箇所と筆者は信じている。ことにガラテアと父神ネーロイスの出会いの美しさ。しかし、それは一瞬以上とどまることはない。たぶん、とどまらないからそれは美しいのであろう。それが生命の実相なのであろう。この瞬間の生気あふれる美しさに魅せられて、ホムンクルスはおのがあこがれの実現へと身を躍らす。おのが身を捨て、捨てることによって大自然の中での永い真の生成の旅程に上るのである。生成と成長、それだけが彼の願いである。ファウスト的世界の特性がここに鮮明に現わされる。そしてゲーテは言葉少なにではあるが「エロスこそあるかぎりのことの始め」として、地水火風の四大要素（それは物的にも精神的にも世界を構成するあらゆる要素の象徴と見られる）を融和の相においてて捉えたのである。エロスとは、たがいに牽き合う愛、そして愛するものと合一することによっておのれを高めようとする衝迫である。この作品、さらにはゲーテの思想世界を解明するための一つの重要な鍵が、ここでわれわれに与えられた。

この箇所への前段階をなすターレスとアナクサゴラスとの水成、火成の論争も実に面白い。これを世界発生論としてだけではなく、政治論、社会論として見ると、ゲーテの気持はターレスの水成説に傾いているように受け取れる。しかし、この火と水との相克をも、ゲーテはホムンクルスの死をめぐる最後の情景でエロスによる融合にまで高めた。ゲーテの思うところは広く、その願いは高い。それを彼は教義的に説いたのではなく、詩の力に実現して呼びかけた。つきることのない余韻を残すのである。

第三幕 第二部のうち、これだけは「ヘレナ 古典的・ローマン的ファンタスマゴリーファウストの中間劇」として、一八二七年、ゲーテの生前に発表された。これは完全と呼びうる芸術作品である。しかもゲーテは完全ということにしばしば伴いがちな静的な完結状態をめざしてこれを書いたのではなく、「古典的・ローマン的」という呼称が示すように、ここでまったく異質の二要素を渾一させるという大冒険を敢行したのである。その上フィナーレは無終の自然の律動へと開かれている。これは力動的なファウスト的世界の中での完全な芸術作品である。

触れたいことは多いが、紙数の都合もあり、ここでは要点と思われるところだけを略記することにしたい。まず第一幕のヘレナ事件とこれとではどう違うだろう。第一幕ではヘレナはただ観るものとして呼び出されたのである。いわば芸術的に観照すべきものであって、行動の対象とすべきものではなかった。ファウストがその埒を踏み越えたとき、像は爆発して消えた。それとは違ってこの第三幕では、ファウストは人格としてのヘレナに出会い、それと人間的に接触しようとする。言い換えれば、ファウストはヘレナとの触れ合いをおのが人生体験の中に納め入れようとしているのである。第一幕で理想の美の現われをまのあたりに見て触発されたあこがれが、そのことへの原動力となったのである。この第三幕で起る事件は、作者自身が「ファンタスマゴリー(幻像、もしくは魔術的なまぼろし)」と言っているように、現実と非現実との境を撤したところで行なわれている。しかしファウストにとってはこれは彼の全精神が要請する事業で、その意味で最も現実的な意味をもつのである。そのことはこれを文化史的事業に拡大して考えてみればよくわかろう。ゲーテがこれを書くにあたって、ヘラスとドイツ（より広くいえばゲルマン）の文化の結婚という根本的な問題を考えていたことは、彼のそれまでの進路に照らし合わせて疑うことができない。それはファウスト・ゲーテにとって、またそれが属する民族にとって、おのが存立と生長のために最善の力をつくして遂行しなければならぬことである。かりそめのことではない。ゲーテはその生涯の努力によってそのことを進めた最大の人の一人である。それは内面の仕事であって現実の仕事である。そういう意味をもつ事柄を、ファウストはここで彼の行為として遂行しようとした。それがただ寓意的に表現されたのではなく、詩作品そのものが強い熱意によってその事柄の実現となったことは、見事というほかはない。

構成的な巧みさも感嘆される。最初の「メネラス王の宮殿の前」の場のギリシア的格調。そしてアルカイック（蒼古）な趣。ここにはあれほどに探ねられたヘレナその人の姿が最初からわれわれの眼前にある。その人は万人に美しさを称えられると同時に、行跡をそしられもすると自ら言うが、その身にそなわる品位は絶対である。犠牲についての彼女の懸念がフォルキアスによってしだいに現実の危難として立ち現われてくる運びも自然である。その危難がファウストへの導きとなることも、彼の存在に重みを与える。メフィストの仮装している老女フォルキアスを最醜のものとし、対照を際立たせたのも、「古典的ワルプルギスの夜」の諸怪物に対すると同様、ギリシア文化の本質への理解が生んだ着想で、舞台効果だけのことではない。

さて、「城の中庭」になって、場面も、詩形式も韻律も、ドイツ的、中世的、ロマンティックなものに変る。ヘレナとファウストの結びつきがどのような文化内容をもつかが、眼と耳を通じて明示される。特に詩形式そのものを対照させたことは、大詩人の手腕である。ドイツ的押韻詩の紹介者となるリュンコイスも、そういう役割だけにとどまらず、その歌う詩句が実にいい。こうしてヘレナとファウストとの結びつきの最高の瞬間が来る。ヘラスに対して自卑することなく自然に対等の立場を貫いているファウスト・ゲーテの態度はりっぱである。さてファウストは、現在を生きることを第一義として、この最高の瞬間を迎える。しかし、それは彼にとって静止を願うべき瞬間を意味するものではなかった。「安楽椅子に寝そべって」「とまれ」というべき終結的な瞬間ではなかった。そのことについてゲーテは言葉をついやしてはいないが、われわれはファウストのあり方からそれを読み取るのである。彼はすでに「それがつかの間」のものであるという予感をもっているようである（九四一八行）。それはやむことのない生成の中での一つの瞬間である。彼はおのれが生長して何物かを生み出すべきことを欲して（たとえ無意識にでも）、ヘレナを得たいと願ったのだと思う。ただの官能のための恋とは最初から質が違っている（メフィストがこの場合もただ官能によってファウストを堕落させることを狙っていたのであったら、ファウストはそういう段階をとうに通り越しているのである）。こうして現実はこの瞬間のとまることを許しもせず、彼はそれを望みもしない。そしてこの恋から生じてくるものを彼はすべておのが責任として負う態度をとる。メネラス王への迎撃、そしてオイフォリオンの父としての心配や悲しみなどがそれである。オイフォリオンについて言えば、ファウストはこの恋から、ロマンティックなこの近代児を生み出し、そしてあまりに主観的なこの近代児の破局に堪えてさらに生きつづけるのである。「蔭の多い緑林」の場面は、詩そのものである。ゲーテはここで思いきり「青春」と「無拘束」（ゲーテのいう諦念の反対）とに歌をうたわせた。そしてオイフォリオンの死。彼はファウスト的世界におけるファウストの分身で、あるいはファウスト自身がしたかもしれない生き方をしたのである。ファウストとヘレナにとっては、幸福が長くは持続しえないことが今更のように明らかになった。作者がヘレナを冥府に帰したのはごく自然である。ヘレナの美、オイフォリオンの若い敢為さ、これらはひっきょう一つの理想像で、われらの生命を鼓舞するものではあるが、それらが世の泥土にまみれて、みずから現実的な事業を結実させることは不可能だと考えられる。

この幕のヘレナについていえば、それは十分に美しく、十分に魅力に富み、品位をそなえているが、もし何かが欠けているとすれば、切れば血の出るような人間らしさ、もしくは生きた個性とでもいうべきものではあるまいか。それがないのは、彼女が本来神話ないし詩のなかに住むもの、つまり理想（それを命名すれば美というほかはない）であるからだと思う。ファウストは彼女と結ばれてしばらく蜜月を楽しみはしたが、彼が人間としてあらゆる体験を経ようとするならば、長くそこに留っていることは許されまい。理想はこれからも彼を高め、彼に力を与えるであろうが、彼自身は現実の人間界にもどって身をよごさなければならない。これがこのように美しい第三幕に第四幕以後がつづくゆえんだろう。ヘレナが冥界に去ったあとのフォルキアスのファウストに対する発語は、この悲劇的に高貴な状況の中に詩人自身の思念を語らせたのであろう。コメレルがそれを、この場のスタイル、この場の精神の要請だ、という意味のことを言っているのは同感である。

第三幕の最末部、合唱の女たちが山や泉や葡萄の精になる箇所では、ゲーテはまたのどかに遊んだが、平凡で能のないものたち（われわれの大部分がそうだが）にもありうる永生のしかたを示して、その着想が非常に面白い。『ファウスト』の骨骼をなすものは人生哲学だが、この箇所はゲーテの自然哲学が生んだと言えるだろう。なくてもすむ箇所だが、劇の終末のコーラスの退場のさせ方としても非凡である。

第四幕　この幕は全曲の中で最後に完成され、一種の補充であって、五幕への橋渡しをし、筋を売ることを主目的としている。全曲の中では、いちばん楽に書かれた。ただファウストが戦功によって皇帝から海岸埋立ての許可を得ることを直叙せず、皇帝の陣営の楽屋裏を見せたところに、技巧的なひねりがあって、われわれを楽しませてくれる。

その戦功をあげる過程について一言すれば、ファウストはメフィストからの誘いかけはあったにせよ、「海と戦って」海に勝ちたいという意欲、つまり十九世紀以来とめどなく進展する技術時代を象徴するようなこの埋立て事業への意欲を達成するためには、自覚して積極的に悪魔の力を利用したのである。目的のためには手段を選ばぬその態度を見ておこう。作者ゲーテからすれば、主人公ファウストを手段を選ばず欲求の実現に突き進む近代（ないし現代）精神の一員として摑まえ、その上でやがてそれを普遍の人間的立場から照明することを意図したのであろう。ここでは彼は古代憧憬者でも中世人でもなく、新しい存在形式に踏み入った行動人なのである。理想を離れたのではなく、その行動がどんなに高い理想によって導かれるかは、第五幕の彼の最後の大モノローグが示すだろう。しかしこの第四幕では、まだ明瞭にはそういう自覚に達しているわけではない彼と見たい。この見方からすれば、ファウストが高山の上で熱情をこめて、海の波の不生産性、「制御されない自然の無目的な力」を指摘するのは、作者ゲーテの肉声そのままではなく、現代的行動意欲に対するゲーテの距離を置いた一つの把握だと筆者は考えたい。

第四幕の最初のファウストの独白には、聞き逃がすことのできない数行がある。ファウストは雲の形に初恋のグレートヒェンをしのぶ。第一部であれほどに作者が関心を注いだグレートヒェンがようやくここで主人公の意識によみがえることになった。そして彼女こそファウストの心の深みにおいて彼の生き方を導いているものであることがしだいに表面にあらわれてくる。実はそのことをゲーテは作の構成上では非常にうまくは表現することができなかった。しかしゲーテのもっとも深い思いの根がそこにあることは、彼がそれを暗示的にしか示すことができなかったということにかえってよく見て取れると思う。

ああ、あのやさしい姿は、うつくしい心のように高みをさして昇ってゆく。
解け散らず、変わらぬおもかげのまま、大気のなかへ昇ってゆく。
そしてわたしの心の中の最善のものを、自分といっしょに高みへ引き上げるのだ。

この数行は全篇をしめくくる「神秘な合唱」の「永遠の女性、われらを高みへ引きゆく」を準備し、その意味を解明するのである。

第五幕　この最後の幕は実に見事な出来であるばかりでなく、極めつくすことのできないほどに深い。『ファウスト』全篇が不朽の作であるのは、この第五幕の深さによると言ってもけっして過言でないと思う。

まず「広々とした土地」の旅人の静かな回顧の音調にわれわれは抵抗しがたく引き入れられる。しかしこの旅人を迎える善良な老夫婦の平穏な境遇は重大な危機にさらされているのであって、その不吉なモチーフがすぐ追いかけてひびき出るのである。

フィレモン　さあ、みんなで礼拝堂のほうに行って、
沈んでゆく日に別れを告げよう。
鐘を鳴らし、ひざまずいて、お祈りしよう。
そして、昔からの神さまにおすがりしよう。

いまのファウストによって代表される新時代の行動意欲万能主義（技術制覇も資本主義もその生みの子である）の猛威に対して、この古い生活感情からの老翁の声はあまりに悲しい。ゲーテも心傷んだにちがいない。そしてその悲しみと対比してファウストの老いた姿は容赦なくきびしい照明のもとに置かれることになる。

こうしてまず権力者ファウストの不満の悲劇が展開される。彼はいまメフィストを手先として「戦争、貿易、海賊業の三位一体」を遂行させている帝国主義の一頭領で、その成果はおびただしく彼の前に運ばれる。それはいよいよ彼の意欲遂行を助長するだろう。しかも彼の心はごく小さいとげのために満たされない。いったん欲しいと思った老夫婦の住む丘をむなしく見ていることが、彼の心を苦しめてやまないことが語られる。この心の動きは権力のメカニズムの必然であって、ここでの丘は一つの象徴にほかならず、丘の問題がなくとも、必ず別のとげが出現したことであろう。このようにして老夫婦は犠牲の死を

遂げる。それはファウストが望んだにせよ望まなかったにせよ権力の必然である。そしてファウストは、弱い者を無残に踏みにじったことの自然の結果として、非常な憂鬱に襲われる。

これが、真夜中にファウストを訪れた「四人の灰色の女」のうちの「憂い」の意味である。この四人のうち「負い目 Schuld」の意味をどう取るかはなかなか厄介な問題である。しかしこの箇所での主眼は「憂い」にあり、他はそれに比べて重みの少ないことは確かである。「負い目」については筆者はいまのところ次のように考えている。これを物質的な借財と取るのはいかにも味気ない。やはりここは自己の行為に対する罪責感と見たい。しかしこのときのファウストは、罪責感をうけつけないほどに「富裕な人」、すなわち熱烈な事業意欲に心を満たされ、それを遂行するにあらゆる手段を動員しうる富強者としてゲーテによって把えられた。それゆえ罪責感は彼の心の中に位置を占めることはできない。こう解したとき、ゲーテがそのファウストをそのまま是認しているのではないという認識は当然伴ってくる。もしゲーテがさらに進んでより意識的に、罪責感にさえ無縁になった近代的権力者をここで暗示しようとしたのであるなら、われわれは簡単なタッチの中に秘められた彼の辛辣さに驚かずにはいられないことになる。しかし、いずれにしても「憂い」に重点があるのは論議の余地のないところで、ファウストがどんなに現在富強であっても、「憂い」、すなわちおのが生に対する懐疑や虚無感は、どうしても払い退けることができないのである。そのことが筆を極めて強調される。事実、ひそやかに心に忍びこむ敵としてこれほど怖ろしいものはありえない。これに襲われればどんなに逞しい活動的な心も、たちまち無気力の底に陥らざるをえないであろう。この憂いに対してファウストは、自分にとっては地上の生活が至上のものであることを言って対抗するのだが（「有為の人間にはこの世界は反応なしではいない」云々）、その強いことばも、まだ充分に憂いを圧服することができないのが実状である。ただファウストがこの悪霊を振り切ることの困難さを言った上で、

だが憂いよ、ひそかに忍び寄るお前の強大な力を、
おれは決して承認しないぞ。

と宣言するのは、事実を語ったというよりは彼の意志の表明であるから、それはそれとしての力をもっている。しかし、それからあとのファウストをゲーテはどう書いたか。人間が人間を扱ったもののなかで、これほど沈痛なイロニーをもったものはあるまい。ファウストをあざけったのではなく、人間存在に対する老翁ゲーテの曇りない眼がこれを生んだのである。『ファウスト』が「悲劇」であるいわれは、最も多くこういうところにあると筆者は思っている。

すなわち、ファウストは「憂い」との対抗の結果、盲目になったのである。これも「憂い」の力の一発現ということになる。言い換えれば、ファウストが「憂い」の威力を承認せず、それによっておのれの地上の事業の意欲を護ろうとしたこと、その態度が招いたのが盲目で、彼は憂いを承認しようとしなければ盲目になるほかはないのである。人間は元来盲目なものであるだろうが、とくにある意欲をひたむきに貫こうとすれば盲目にならざるをえないのは、意欲的人間の負う宿命とさえ考えられる。ゲーテはその消息にじっと目を注いだのである。

こうしてファウストは、周囲の状態を的確に認識することのできない状態になって、あえていうならばその状態に護られて、その内部にはいよいよ烈々とした事業への意欲が燃えるのだった。そしてファウストが生時に到達しうる最高の知恵の段階に達する。すなわち最終の大モノローグである。実はそこに到達する過程は、作において充分に書きつくされているとは言えない。しかしファウストが今までに示した努力の総量は非常なものであるから、われわれはここに表明された思想を彼の生涯の帰結として喜んで受け入れるのである。それが作品の力というものである。その思想の力に触れるには、直接そのことばをくりかえし読むのが最善であるが、その最大のポイントは、ここで真にファウストの「自我が人類の自我にまで拡大」（一七七四行）されたことにある。「書斎」でメフィストとの契約に際して言われたそのことばには、まだファウストの個人的な自我拡大欲だけが主調となっていたが、今はその個人的立場はほんとうに遠い未来にかけての何百万の人を思う心に止揚された。主我的な大言壮語を離れて、彼は人類の生の持続を生きる人になったのである。規模はどれほどにせよ、自己を限定して埋立てという現実の仕事に根をおろしたところに、彼がつねに強調するこの地上生活における努力が何百万人の努力と一体となり、自由な民が自由な生活を永遠に獲得してゆくことを確信することができたのである。それが「自然の前に一個独立の男子として立つ」ことであり、「人智の究極の帰結」といわれたことには何の誇張もない。

しかし、それを実行に移すにあたっては彼はあくことのない権力の行使者で、「どんなことをしてもいい、手段をつくして、／人夫を集められるだけ集めろ。／飲み食いもので釣り、鞭でおどせ。……」と厳命する。少し前に魔法を離れた境地を願いはしたが（一一四〇四行）、またそれによって「憂い」に直面はしたが、この調子では最後の瞬間にも彼は事業遂行のために魔法行使をおのれに禁ずることはなかったろうと懸念される（魔法は権力意志の一具現である）。

しかも、現世でのこの最終段階のファウストを、ゲーテは何という状況に置いて描いたことだろう。埋立ての最後の仕上げの進行は彼の頭の中の幻影にすぎず、盛んな工事の音と思ったのは、悪魔たちが彼の墓穴を掘る音にすぎなかった。人間が最高最美の熱意に導かれているとき、彼は依然として悪から完全に自由ではなく、現実に対して盲目である。

その悲劇はここに極まったといえる。

このように書いたことを筆者はゲーテのかりそめの着想とは思わない。最初に言ったとおり、『ファウスト』の根本問題は、人間存在の意義への問いかけと筆者は考えているが、それに対してゲーテは人間をそのよき面と共にこれほどのマイナスの面において示すことを敢えてしたのである。こうまでも仮借なく人間のあり方を見つめたことに驚くのである。

そうした上でゲーテはファウストの魂（不死なるもの）を救済した。これを筆者の内在的な見方からの表現に言い換えれば、人間存在に意義ありとしたのである。重要なのはこの「救い」であって、これをファウスト対メフィストの賭けの問題に重きをおいて見ようとすることには、筆者はあまり興味がない。両者の賭けの勝敗を論ずるには、法律論や文法論などさまざまな立場があるが、ファウストは怠惰のベッドに寝そべろうとして瞬間に声をかけたのではない。内容的に言えば、彼が最高の瞬間と呼んだものは、彼の自我が人類の自我に拡大され、その人類によって生生発展して担われるべき動的瞬間である。これだけを考えても彼がメフィストとの賭けに負けるいわれのないことがわかろう。なおファウストの死については、彼が大モノローグを言い終って直ちに死んだのは、老齢の彼を最高の自覚に達した時に死なせたゲーテの親切というべく（不死でない以上彼もいつかは死なねばならない）、メフィストとの賭けに負けたからではない。ただメフィストがそれを自分が勝ったからと思い違いしたことは、いかにもありうべきことである。

さて最後の「山峡」の場であるが、ここに籠められているゲーテの思いの深さこそ、汲みつくすことは至難である。これは一部の解釈者が言うような単なる装飾的な場面では決してない。ゲーテ自身がエッケルマンにいっているとおり、感覚を越えた、ほとんど予感もできない事柄について彼はこのような形象を借りるほかはなかったのである（一八三一・六・六）。それで、「天上の序曲」について筆者が言ったことだが、この場をも素直に宗教的に受容することができるなら、それがいちばん美しいことであり、それに対して他から異議をさしはさむことはできない。ただし、その場合でも問題になりうるだろうこととして残るのは、

どんな人にせよ、絶えず努力して励むものを、
わたしたちは救うことができます。
それにこの人には天上からの
愛が加わったのですから、
至高の幸に住む天上の群れは、
心から歓んでいまこの人を迎えるのです。

という天使たちの言葉をどのように渾然一体の思想として受け取るべきかに思いを深める

ことであろう。この数行は、『ファウスト』全曲中の最も重要な箇所であることには相違ないが、その第三行にある「それに und」によって結ばれる前半部と後半部は、宗教思想から言えば本来は異質のものであり、決して簡単に結びつけうるものではない。筆者はそのことに立ち入るよりも、この場面における主問題を別の角度から考えてみたい。そうすればいま言ったことの意味もおのずから明らかになるであろう。

　われわれの知っているとおり、ファウストはこれまでほとんど宗教的契機なしに扱われてきた人である。そして彼によって代表される人間の姿は、その最後の瞬間においても盲目、誤認、過誤、権力行使と結んでいるのである。それをゲーテは少しも仮借することなくわれわれに示した。そのようなファウストにどうして救いが可能なのであろうか。

　前にも言ったように、筆者は『ファウスト』という作品を、まず内在的に、つまり超越的な立場との関連なしに考えてみようとしている者である。その理由は、ゲーテの思想の主性格をヒューマニズムにあると見ているからであり、またこの主人公ファウストの生き方の軸がそこに置かれているからである。この見方からすれば、ゲーテのいう「救い」とは、ファウストが示したようなあらゆる弱点欠点にもかかわらず、しかもその生は意義をもつ、ということになるだろう。意義ありとゲーテが確信することができたとき、彼はファウストを救われうる者とすることができたろうと思うのである。ところで、もし問題を主人公ファウストの主観に限れば、問題は簡単になる。彼は彼の主観においてせいいっぱいに生きた。そして人類の未来については襲いかかるべきあらゆる危険を覚悟しながらしかもそれに対処して日々自由な生活を切り開いてゆく人間共同のあり方に望みを託することができた。そこに彼が意義を認めたことはもちろんである。それにしてもそれはただファウストの精神が想望した未来図であって、ゲーテはそのファウストを類例のないイロニーをもってより広い人生の覚束なさで包んだことはわれわれの知っているとおりである。とすればゲーテはゲーテの責任において上記の問い（ファウストは救われうるか、人生に意義はあるか）に答えなければならないのである。

そしてゲーテはそれに肯定の答えを与えた。人生のあらゆるマイナス面を直視しながら、しかも人生は意義をもち、従ってファウストは救われうるとしたのである。なぜそうしたか。つまりそれがゲーテのいわゆる「ほとんど予感もできない事柄」の核心である。その際「天上の序曲」を拠りどころにして救済予定説を唱えることは、いまのわれわれの設問に対する答えにはならない。「ではなぜそれを予定したか」と問いは進むからである。そういうふうに突きつめると、「天上の序曲」に関連して筆者の言ったことだが、けっきょくわれわれはゲーテの天性的な人間信頼を言うほかはないと思われてくるのである。しかし、漠然とそれを言う前に、われわれはゲーテの思いに近づくべく、なお努力しなければならないと思う。できるかぎりそれをやってみよう。

次に述べることは大部分作中に言われていることを辿るだけなのだが、その際、二、三の語を手懸りとしたい。「生長」「エンテレヒー」「愛」である。「訳注」にも書いたが、「山峡」の場は地上から天上を指す垂直的上昇運動に貫かれている。その運動を人間精神に即して言えば「成長」ということになる。そこでは苦業の教父も瞑想の教父も、驚くべきことには、この世を早く去った無心の童子たちの霊さえも成長してゆくのである。

天使に似かよう教父（この世を早く去った童子たちに）ではもっと高いところを目ざして昇って行きなさい。
神さまがついていらして、
永遠にきよらかなみ手で力を添えてくださるから、
目に見えぬ成長をつづけてゆくがよい。

童子たちの霊は成長するだろうか。確かに成長すると筆者も考える。その霊は現世において生活に苦闘している者たち（何よりもその親たち）の心に宿って、それを浄化し、その生長を助け、そのようにして自他ともに生長してゆく。これはその消息を知る者には否定できない事実である。そしてそういう生長がどういうところで行なわれるかを考えたとき、ゲーテはそれを愛の空間として摑まずにはいられなかった。

神さまが霊たちにお与えになる栄養は、
広大な大気にみちみちているのだ。
それは永遠の愛の啓示ということで、
それが至上の幸へ導いてくださるのだ。

このことはもう論証を越えたゲーテの信念の告白である。そして彼がこの場面で力をつくしてその愛への讃歌をうたっていることを、教父たちその他の言葉に即してわれわれは心を澄まして受け取るべきである。人間の心と自然とを一体としてこの愛の空間の中に置いた詩人の詩行はすばらしい。ただ『ファウスト』全体の連関からいうと、愛を言うそれらの言葉は実にすばらしいけれど、他の諸部分と充分有機的につながっているとは言いにくい。ゲーテとしては、ファウストを救うべき最後の場面で（厳密にいえば前の「埋葬」の場も加わるが）、力をこめて、しかしいささか唐突に彼の愛の空間を持ち出した感がある。だから、もしこの場面で、「かつてグレートヒェンと呼ばれた懺悔する女」が聖母マリアに侍ってその存在を現わして彼の魂を迎えることがなかったら、愛についての作者の多くのすばらしい発語もそれほど実質的なひびきをもつことはできなかったろう。このことに別の表現を与えればこうなる。グレートヒェンがここで前面に現われたことによって、この戯曲は、主人公たちの心の深処にひめられていて消えることのない愛を結び目とする首尾一貫した作品となったのであって、ゲーテはそこに思いをひそめ、いわばそのことに支えられて一般的な愛の空間を説き起すことができたのであろう。この愛の空間ではすべてのものが生長を助け、助けられるという親密な相互関係をもっているが、ファウストこそ、その成長に力をかす最も確かな導き手をもっていたのである。

ではこういう愛の空間においてすでに世を去っているファウストの何が成長したのだろうか。そのことをあらためて確認しておきたい。高みに迎えられるファウストの「不死の霊（Unsterbliches 不死のもの）」をゲーテは最初はファウストのエンテレヒー Entelechie と書いたことが知られている。ゲーテがファウストの「不死の霊」と表現したものがエンテレヒーを意味することはほとんど疑いがない。

各個体における霊的活力とも意訳できようこのエンテレヒーという考え方にはゲーテの「永存への確信」が結んでいた。彼はいう。「わたしにとってわれわれの永存への確信は、活動という概念から生まれてくるのだ。わたしが人生の終りまで休むことなく活動すれば、わたしの現在の生存の形式がわたしの精神にとってもはや持ちこたえられなくなったときに、自然はわたしに別の生存の形式を指示してくれる義務があるからね」（エッケルマン『ゲーテとの対話』一八二九・二・四）。ここで言われた「活動」を強い志向に支えられた活動と取るなら、エンテレヒーと同じ意味になる。ゲーテの考えでは、人の肉体は死んでもエンテレヒーは永存して活動するのである。そしてそれがこの場面の示すところによれば成長すると考えられたのである。そこでは明らかにファウストの不死の霊が「蛹」として天使たちに迎えられ、「神秘ないのちを受けて、うつくしく、大きく育つ」と言われている。これは架空の詩的表現であるか。いや、われわれはわれわれ自身の生においてまた歴史においてその事実を知っている。人のよき志向、秀でた志向は必ず永存し、しだいにかつての汚濁を脱し、働きつづけ、影響をひろめ、それによって成長してゆくのである。このゲーテの作品『ファウスト』そのものが、その最も顕著な例にほかならない。

ゲーテはそのエンテレヒーに強弱長幼など種々の別があると考えていたようである。これは自然のことであろう。この世を早く去った童子たちも弱いながらエンテレヒーの一種で、ファウストの成長を助け、自分も育つのである。とすればファウストのエンテレヒーと最も親密な関係にあるのが、グレートヒェンの女性的エンテレヒーであることはいうまでもないであろう。これこそがファウストの生時はもちろん、その死後も、彼の作用力からしだいにその汚点を取り去り、それを至純の力に化し、こうして共に結んで、よい働きとよい成長をして行こうとしている最善の意志なのである。「永遠の女性、われらを高みへ引きゆく」のである。人間における男性的原理と女性的原理の結合がその最も深い意味において捉えられた。一方は行動し、他方はいつくしみ、高める。そして両者がたがいに引き合い、融合するところに人間性の最もよい実現と作用が期待されるであろう。

しかもゲーテの深い共感力はさらに進んで宗教感情の最奥部に迫っている。この場合における教父たちや懺悔する女たちの宗教的祈願は驚くほどに切実なことばから成っている。そしてグレートヒェンが聖母に間近く侍ることを許されて、ファウストを高みへ導くことができるのも、ただ彼女が心からの懺悔と帰依によって真に神の、聖母の愛に浴することができたのによる。彼女に対してこそ「永遠の愛」は最もあきらかに啓示されたのである。そしてファウストとグレートヒェンとの間には上述のような牽引（エロスとしての愛）が働くのだが、それを媒介としてゲーテはファウストをもアガペー的な愛に浴させようとしているようである。元来信仰の世界に触れることのなかったファウストにグレートヒェンがそういう神的な愛の仲介者となるのである。人間存在を根源的に考えたとき、ヒューマニストではあっても最も広い精神空間をもつゲーテはこのような「上からの愛」にも思いを寄せずにはいられなかったのであろう。これをエロスとアガペーの合一と言ってしまうのはあまりに図式的になろうが、ゲーテの予感した方向はそこにあろう。

「山峡」の場は、このように最も重い、最も深い意味をもっているのだが、ここではゲーテ自身が語っているのであって、ファウストに語らしめているのでないことは、この大作全体における主人公と作家との関係を見る上で留意しなければならない。つまりファウストがそのままゲーテなのではない。老翁ゲーテはいまファウストの上にいるのである。ファウストは死を前にしての最後の瞬間において、グレートヒェンに仲介される「上からの愛」に触れたかもしれない、あるいは自覚的には触れなかったかもしれない。死んでゆくファウストにゲーテはそれについては語らせなかった。そのときゲーテが語ったのである。彼はこの主人公の生涯を、その活動意欲からだけではなく、彼の大きい「愛」の空間の中で愛される者、すなわち救われるものとした。すなわちその生は、あれほどの不完全さとはかなさとにも拘わらず、意義ありとされた。それがこの作でゲーテ自身が呈示した問いに対する最終的な答えであった。あるいはそれは彼がおのれの生涯を顧みての答えとひとしいのかもしれない。ゲーテはそれを実にことば少なに語った。最も深い思いは言葉少なに語るほかはないのであろう。われわれはわずかにそれをのぞき見するだけである。

以上は一つの読み方にすぎない。その他多くの読み方が可能であろう。しかし、どんな場合でもわれわれはまずゲーテが何を言おうとしたかを、できるだけ虚心に受け取ろうと心がけることを第一義とすべきであろう。その上でわれわれの取るべき態度は、ゲーテの提出した問題にわれわれ自身はどう答えるべきかに思いを向けてゆくことであろう。ゲーテは教えようとしたのではなく、告白したのである。それに対してわれわれがわれわれ自身のことばをもつことをこの書は促していると思われる。

巻末エッセイ

渾然たる美しい日本語

河盛好蔵

ゲーテの『ファウスト』には、鷗外の古典的名訳を始めとして、これまで、ドイツ文学の諸大家の手によってさまざまの翻訳が試みられている。あたかも『ファウスト』を翻訳することはドイツ文学者の最後の野心であるかのごとくである。したがってそれらの翻訳はみなそれぞれに特色を持ち、それを比較研究することは興味深い仕事となるであろう。ところで手塚富雄氏の新訳がそれらのあいだにあって異彩を放っているのは、「大詩人の生涯の大作、この『ファウスト』に、しかし、われわれは、あまり固くるしい敬読の態度ばかりをとるべきではあるまい。親しんで読むのがなによりである。翻訳もそのことを心がけたつもりである」という氏の意図が十二分に達成されていることなのである。

これは言うべくしてなかなか実行の困難なことである。まず相手は人類の大古典である。古来、さまざまの偉い詩人や思想家が読みに読んで、さまざまの解釈を施してきた大作である。『ファウスト』についての専門学者の研究もおびただしい数に上るであろう。そういう大古典を翻訳するのであるから、訳者としても勢い固くならざるをえないであろう。のみならず、わが国には過去に鷗外の翻訳がある。鷗外訳が決して完璧の決定訳(古典の翻訳にそんなものはありえない)でないことは素人にも分るが、しかしそのプレスチージュ(威信)は大変なものであるから、翻訳家としてその影響もしくは圧力から免れることはきわめて困難なことであろう。手塚氏はそのいずれからも自由になって、こんどの新訳を完成された。私はまずそのことに深い敬意を表したい。

全くこの『ファウスト』は平易で、親しみやすい。一例をあげてみよう。第二部第一幕の始めに花作りの娘たちがマンドリンの伴奏で歌う文句に次のようなのがある。

いろ〳〵に染めたる紙の小切《こぎれ》に
向き合ひて所を得させたれば、
一つ〳〵をば笑止とも見たまはむ。
すべてには心引かれ給ふべし。

右は鷗外訳であるが、これではなんのことかよく分らない。それを手塚訳では次のようになっている。

色とりどりの紙きれで

正しい星の形をつくりました。

そのひとひらひとひらは見すぼらしくとも、

大きく咲いた花一輪はお心を誘いましょう。

どちらが親しみやすいか、言うまでもあるまい。そのために一度読み出したら途中でやめられないほど、その限りない魅力にぐんぐん引き込まれる。原作の偉大さによるものであろうが、原作を読んで読んで読み抜いた人の手によるのでなければ、これだけ平易で明快な翻訳は決して生まれないであろう。のみならず、訳文は格調が高く、平易ではあっても、断じて卑俗ではない。

『ファウスト』の第二部はとくに難解をもって聞こえているが、その壮大で、深遠で、複雑で、多彩で、機知に富んだ内容が、斧鉞《ふえつ》のあとをとどめない渾然たる美しい日本語になっている。とくに詩的イメージの再現が見事である。この新訳『ファウスト』は最近の翻訳界における一大収穫として高く評価さるべきであろう。

（かわもり・よしぞう　評論家、フランス文学者）

自然に胸にしみいる翻訳

福田宏年

ゲーテの『ファウスト』は難しい作品とされている。第一部のグレートヒェンの悲劇はまだそれほどでもないが、特に第二部は難解とされている。私は学生の頃、演習で何年間かこの作品につき合い、また自分で鷗外の訳で通読したこともある。そして、それで一応『ファウスト』を読んだつもりでいたのだが、今度手塚訳『ファウスト』を一読して、はじめてこの作品のほんとうの意味の面白さや大きさが少しは分ったような気がした。私にとってはこれは大きい体験であった。

手塚訳『ファウスト』について第一に言えることは、平凡なことのようだが、その一行一行がごく自然に私たちの胸に入り、しみこんで行くことである。これは翻訳としてもちろん欠くべからざることだが、特に『ファウスト』のように舞台にかけられるものはなおさらで、このことは「第一部」の舞台（昭和四十年九月、俳優座上演）を見た人がひとしくうなずくところであろう。しかし、一行一行が胸に自然にしみるというのは、平凡なことではあるが、決して容易なことではない。

ゲーテの『ファウスト』の翻訳は、森鷗外の訳業以来、何人かの高名なドイツ文学者によって、繰り返し試みられてきた。その間には、ドイツの学者の新しい研究や解釈も取り入れながら、原典の解釈や翻訳の表現の上でそれ相応の進歩をとげてきたことを疑うものではない。鷗外の訳にも文法的な誤りはあるであろうし、それらの誤りはたしかにそれ以後の人たちの努力によって改められもしたであろう。しかし、私のきわめて乏しい経験からいっても、翻訳というのは難しいもので、原典を文法的に正しく理解し、一応論理的につじつまをつけたからといって済むものではないように思う。大切なことは、それから先のことで、原著者がそこでどういうイメージを描いていたのか、あるいはさらに、原著者がそれを言う背後には、いったいどのような精神の姿勢があり、どのような衝動が動いていたのかということを、的確に読みとることは、そんなにたやすいことではない。もしそれが的確に摑まれていれば、その翻訳の一行一行は私たちの胸に自然ににじみこんでくる。

やはり手塚訳の『ツァラトゥストラ』を読んだときにも、私は同じようなことを感じた。ニーチェの『ツァラトゥストラ』の、あの投げつけるような調子が、手塚訳の一行一行にははっきりと感じ取れた。それは、『ツァラトゥストラ』の文章を文法的に正しく理解することとは全く別のことのように思う。あのときも、大げさではなく、『ツァラトゥストラ』ははじめて正しく理解されるのではないかという感じを抱いた。

『ファウスト』は、話の筋から言えば、きわめて単純で、メフィストフェレスの言葉を借りれば、「どんな快楽にも飽き足らず、どんな幸福にも満足しない。次から次へと欲しいものを追っかけまわした男」の話である。ただこういう単純な筋立ての中で、ゲーテは自由に脱線し自由に遊んでいる。例えば第一部の「ワルプルギスの夜」、第二部の「古典的なワルプルギスの夜」やホムンクルスの話など、ゲーテはほとんど作品の首尾一貫性を度外視して、自由に遊んでいる。しかしこれは凡人にはできることではなく、天才にのみ許されたことで、例えばそれを私たちはシェイクスピアに見る。その点で近代文学は、作品のちんまりした首尾一貫性と論理性は得たが、大きさと拡がりは次第に失っている。『ファウスト』の、特に第二部が、これまで私たちに難解に映ったとすれば、ゲーテのこういう大きい遊びの気合が正しく翻訳の上に移されていなかったということであろう。私が、この作品のほんとうの意味の面白さや大きさが分ったように思ったと言ったのは、そういう意味である。

　手塚先生が『ファウスト』の翻訳で苦心なさっている時、私は先生と同じ学校に籍を置いていたので、先生のご苦心を傍らから眺めたり、ご自身の口から伺ったりした。先生は不審な点を、時おりドイツ人教師をつかまえて訊《ただ》しておられたが、それも決して私らのように分らない語句を訊すというのではなく、「では、その時その男はこんな恰好をしていたのか」と身振り手振りで訊されると、ドイツ人も仕方なく身振り手振りで答えていた。

時にはドイツ人も分らなくて、宿題として持ち帰るようなことも間々あったようである。第二部の翻訳を終えられたとき、「もうヘトヘトだよ」と、大きい吐息を洩らされたのを、今もはっきりと覚えている。

日本は世界に冠たる翻訳国家ということになっており、世界の古典新作を通じて日本語で読めないものはなく、それに応じて語学的理解力も進歩していることは事実だが、今度の『ファウスト』全訳のような意味での本当の翻訳はまだ緒についたばかりというほかない。それをさらに進めて行くのが私たち後進のつとめであろう。ともあれ、万人が楽しめる日本語の『ファウスト』を文化遺産として持てたことを喜びたい。

（ふくだ・ひろとし　文芸評論家、ドイツ文学者）

編集付記

一、本書は中公文庫『ファウスト　悲劇第一部』（一九七四年十月刊）の改版である。

一、改版にあたり、同文庫版（十二刷　二〇一二年六月刊）を底本とした。新たに巻末エッセイを付し、旧版の巻末にあった訳注を各章末に移した。

一、巻末に付したエッセイ二篇は、中央公論社『ファウスト　悲劇（全）』月報（一九七一年二月刊）を底本とした。

一、本文中、今日の人権意識に照らして不適切な語句や表現が見受けられるが、訳者が故人であること、執筆当時の時代背景と作品の文化的価値に鑑みて、そのままの表現とした。

中公文庫

ファウスト

——悲劇第一部《ひげきだいいちぶ》

1974年10月10日　初版発行
2019年5月25日　改版発行

著者　ゲーテ
訳者　手塚《てづか》富雄《とみお》
発行者　松田陽三
発行所　中央公論新社
〒100-8152　東京都千代田区大手町1-7-1
電話　販売 03-5299-1730　編集 03-5299-1890
URL http://www.chuko.co.jp/

DTP　平面惑星
印刷　三晃印刷
製本　小泉製本

Published by CHUOKORON-SHINSHA, INC.
Printed in Japan　ISBN978-4-12-206741-7 C1197

ア-8-2
告白 II
アウグスティヌス
山田　晶訳
衝動、肉欲、厳然たる原罪。今にのみ生きる人間の悲惨と悲哀。「とれ、よめ」の声をきっかけとして、劇的な回心を遂げる。西洋世界はこの書の上に築かれた。
205929-0

ア-8-3
告白 III
アウグスティヌス
山田　晶訳
アウグスティヌスは聖書をいかに読んだのか――西洋世界最大の愛読書を、最高の訳者が心血を注いだ名訳で送る。訳者解説および、人名・地名・事項索引収録。
205930-6

オ-1-2
マンスフィールド・パーク
オースティン
大島一彦訳
貧しさゆえに蔑まれて生きてきた少女が、幸せな結婚をつかむまでの物語。作者は優しさと機知に富む一方、鋭い人間観察眼で容赦なく俗物を描く。
204616-0

オ-1-3
エマ
オースティン
阿部知二訳
年若く美貌で才気にとむエマは恋のキューピッドをきどるが、他人の恋も自分の恋もままならない――「完璧な小説家」の代表作であり最高傑作。〈解説〉阿部知二
204643-6

オ-1-5
高慢と偏見
オースティン
大島一彦訳
理想的な結婚相手とは――。不変のテーマを、細やかに描いたラブロマンスの名作を、読みやすい新訳でおくる。愛らしい十九世紀の挿絵五十余点収載。
206506-2

ウ-7-1
寛容論
ヴォルテール
中川　信訳
新教徒の冤罪事件を契機に、自然法が不寛容に対して法的根拠を与えないことを正義をもって立証し、宗教を超えて寛容の重要性を説いた不朽の名著。初文庫化。
205424-0

キ-5-1
死ぬ瞬間　死とその過程について
キューブラー・ロス
鈴木　晶訳
死とは、長い過程であって特定の瞬間ではない。二百人への直接取材で得た〝死に至る〟人間の心の動きを研究した画期的な書。
203766-3

キ-5-2
「死ぬ瞬間」と死後の生
キューブラー・ロス
鈴木　晶訳
大ベストセラーとなった「死ぬ瞬間」の著者が語る、少女時代、医学生時代。どうして著者が死を迎える患者たちの話を聞くに至ったか等、講演を再現。
203843-1

各書目の下段の数字はＩＳＢＮコードです。978－4－12が省略してあります。

キ-5-3
死、それは成長の最終段階　続 死ぬ瞬間
キューブラー・ロス
鈴木　晶訳
無為な人生を送ってしまう原因の一つは死の否認である。明日があると思ってやるべきことを先延ばしにする人間は成長しない。好評「死ぬ瞬間」続編。
203933-9

キ-5-4
「死ぬ瞬間」をめぐる質疑応答
キューブラー・ロス
鈴木　晶訳
死を告知された患者と、介護する家族の心構えを、簡潔な質疑応答のかたちでまとめた必読の書。「どうして私が」という当惑と悲しみをいかに克服するのか。
204594-1

サ-7-1
星の王子さま
サンテグジュペリ
小島俊明訳
砂漠に不時着した飛行士が出会ったのは、ほかの星からやってきた王子さまだった。永遠の名作を、カラー挿絵とともに原作の素顔を伝える新訳でおくる。
204665-8

マ-2-4
君主論　新版
マキアヴェリ
池田　廉訳
「人は結果だけで見る」「愛されるより恐れられるほうが安全」等の文句で、権謀術数の書のレッテルを貼られた著書の隠された真髄。〈解説〉佐藤　優
206546-8

モ-5-4
ローマの歴史
I・モンタネッリ
藤沢道郎訳
古代ローマの起源から終焉までを、キケロ、カエサル、ネロら多彩な人物像が人間臭い魅力を発揮するドラマとして描き切った、無類に面白い歴史読物。
202601-8

モ-5-5
ルネサンスの歴史（上）黄金世紀のイタリア
I・モンタネッリ
R・ジェルヴァーゾ
藤　沢　道　郎訳
古典の復活はルネサンスの一側面にすぎない。天才たちが活躍する社会的要因に注目し、史上最も華やかな時代を彩った人間群像を活写。〈解説〉澤井繁男
206282-5

モ-5-6
ルネサンスの歴史（下）反宗教改革のイタリア
I・モンタネッリ
R・ジェルヴァーゾ
藤　沢　道　郎訳
政治・経済・文化に擾乱と咲き誇ったイタリアは、宗教改革と反宗教改革を分水嶺としてヨーロッパ史の主役から舞台装置へと転落する。〈解説〉澤井繁男
206283-2

ハ-12-1
改訂版　ヨーロッパ史における戦争
マイケル・ハワード
奥　村　房　夫
奥　村　大　作訳
中世から現代にいたるまでのヨーロッパの戦争を、社会・経済・技術の発展との相関関係においても概観した名著の増補改訂版。〈解説〉石津朋之
205318-2